·衛斯理小說典藏版 39·

新之又新的序言，最新的

衛斯理小説從第一次出版至今，歷時已近半世紀，總共出了多少正版，還能計得清，若是連盜版一起算，那就算找外星人來算，也算勿清楚哉！不知能不能也算世界紀錄。

算得清好，算勿清也好，能幾十年來不斷出新版，説明不斷有讀者加入，對作者來説，沒有更值得高興的事了，謝謝所有喜歡衛斯理的人，謝謝謝謝。

倪匡

二〇二〇年六月四日 香港

幾句話

寫了四十多年小說，論者將拙作分為三個時期：早、中、晚。在明窗出版的一批，屬於早期和中期的上半。三個時期的創作風格有相當程度的不同，所以風評不一。本人並無偏愛，但讀友對早期的作品，頗有好評，大抵是由於在早、中期作品之中，主要人物精力充沛，活力無窮，所以使故事曲折多變，小說也就格外吸引。明窗出版社此次重新出版這批作品，正好讓大家來證明這一點。

四十餘年來，新舊讀友不絕，若因此而能有新讀友，不亦快哉！

倪匡

二〇〇五年十一月六日

序言

「妖火」是第一個以衛斯理為主的科幻故事，開始了日後一連串的科幻故事的創作。現在再來重看、重校、重刪、重訂，有一個現象，十分有趣，就是可以看到二十年來，科技的發展，對人類的生活，影響極大，一些當時認為可以寫進小説中的「大事」，現在已全是日常生活中的小事了。

《妖火》的故事也寫得十分長，所以也變成了兩冊。在《妖火》中作出的、幻想到的設想，現在看來，仍然十分新鮮。創作時，離第二次世界大戰不足二十年，所以才有那樣的故事結構，現在，四十年過去，自然「俱往矣」了。

衛斯理（倪匡）

一九八六年八月十三日

目錄

第一部

行為怪異的老先生

我從來也未曾到過這樣奇怪的一個地方。

到目前為止，所發生的一切，都像是一篇小說，而不像是現實生活中所應該發生的。但是，它卻又偏偏在我身上發生了。

我必須從頭講起：那是一個農曆年的大除夕。

每年大年三十晚上，我總喜歡花整個下午和晚上的時光，在幾條熱鬧的街道上擠來擠去，看着匆匆忙忙購買年貨的人，這比大年初一更能領略到深一層的過年滋味。因為在大年初一，只能領略到歡樂，而在除夕，卻還可以看到愁苦。

那一年，我也溜到了天黑，紅紅綠綠的霓虹燈，令得街頭行人的面色，忽紅忽綠，十分有趣。而我則停在一家專售舊瓷器的店家面前，望着櫥窗中陳列的各種瓷器。

我已看中了店堂中紅木架子上的那一隻凸花龍泉膽瓶，那隻膽瓶，姿色青瑩可愛，而且還在青色之中，帶點翠色，使得整個顏色，看起來有着一股春天的生氣。我對於瓷器是外行，但是這隻瓶，即使是假貨，它的本身，也是有其價值的，因此，我決定去將它買下來。

我推門走了進去，可是，我剛一進門，便看到店員已將那隻花瓶，從架上小心翼翼地捧了下來。

我心中不禁愣了一愣，暗忖難道那店員竟能看穿我的心意麼？事實上當然不是如此，因為那店員將這隻瓶，捧到了一位老先生的面前。

那老先生將這隻瓶小心地敲着、摸着、看着。我因為並不喜歡其他的花瓶，所以，便在那老先生的身邊停了下來，準備那老先生買不成功，我就可以將它買了下來。

那老先生足看了十多分鐘，才抬頭道：「哥窯的？」龍泉瓷器，是宋時張姓兄弟的妙作，兄長所製的，在瓷史上便稱為「哥窯」，那位老先生這樣問法，顯出他是內行。

那店員忙道：「正是！正是，你老好眼光！」

想不到他馬屁，倒拍在馬腳上，那老先生面色一沉，道：「虧你講得出口！」一個轉身，扶着手杖，便向外走去。

我正希望他買不成功。因為我十分喜歡那隻花瓶，因此，我連忙對着發愣的店員道：「伙記，這花瓶多少錢？」

那店員還未曾回答，已推門欲出的老先生，忽然轉過身來，喝道：「別買！」

我轉過身去，他的手杖幾乎碰到了我的鼻子！

老年人和小孩子一樣，有時不免會有些奇怪的、難以解釋的行為。但是，我卻從來也未曾見過一個一身皆是十分有教養的老年人，竟會做出這種怪誕的舉動來。一時間，我不禁呆住了難以出聲。

正在這時候，一個肥胖的中年人走了出來，滿面笑容，道：「老先生，什麼事？」

那老先生「哼」的一聲，道：「不成，我不准你們賣這花瓶！」他的話說得十分認真，一點也沒有開玩笑的意味在內。

那胖子的面色，也十分難看，道：「老先生，我們是做生意的——」

我想不到因為買一隻花瓶，而會碰上這樣一個尷尬的局面；正當我要勸那老先生幾句的時候，那老頭子，突然氣呼呼地舉起手杖來，向店員手中的那隻花瓶敲了過去！在那片刻間，店員和那胖子兩個人，都驚得面無人色。幸而我就在旁邊，立即一揚手臂，向那根手杖格去。

「啪」的一聲響，老先生的手杖，打在我的手臂上，我自然不覺得什麼疼痛，反而將那柄手杖格得向上直飛了起來，「乒乓」一聲，打碎了一盞燈。

那胖子滿頭大汗，喘着氣，叫道：「報警！報警！」

我連忙道：「不必了，花瓶又沒有壞。」

那胖子面上，猶有餘悸，道：「壞了還得了，我只好跳海死給你們看了！」

我微微一笑，道：「那麼嚴重？這花瓶到底值多少？」我在說這句話的時候，是準備他一說出這花瓶的價錢，便立即將之買下來的，而且付現鈔。

那胖子打量了我一眼，說出了一個數目字。

剎時之間，輪到我來尷尬了，那數字之大，實足令我吃了一驚。當然，我不是買不起，但要我以足夠買一隻盡善盡美遊艇的價錢，去買一隻花瓶，我卻不肯。

我忙道：「噢，原來那麼貴。」

胖子面色的難看就別提了，冷冷地道：「本來嘛！」我拉了老先生的手臂，從地上拾起手杖，走出了這家店子，拉了老先生轉過了街角，背後才不致有如針芒在刺一樣地難受。

我停了下來，道：「老先生，幸而你不曾打爛他的花瓶，要不然就麻煩了……」

我只當那老先生會有同感的。因為看那位老先生的外形，可能是千萬富翁，但是我還未曾見過一個肯這樣用錢的千萬富翁。

怎知那老先生卻冷冷地道：「打爛了又怎樣，大不了賠一個給他，我還有一隻，和這個一模一樣的，它們原來是一對。」

我愈聽愈覺得奇怪，道：「你說，店裏的那隻花瓶原來是你的？」老先生「哼」的一聲，道：「若不是祖上在龍泉縣做過官，誰家能有那麼好的青瓷？」

我一聽得他如此說法，心中有一點明白了。

那一定是這位老先生，原來的家境十分優裕，但是如今卻已漸漸中落，以致連心愛的花瓶，也賣給了人家，所以，觸景生情，神經才不十分正常。

然而，我繼而一想，卻又覺得不十分對。因為他剛才說，家中還有一隻同樣的花瓶，照時價來說，如果將之變賣了，也足可以令他度過一個十分快樂的晚年了。可能他是另有心事。

我被這個舉止奇特的老年人引起了好奇心，笑着問道：「老先生，那你剛才在店中，為什麼要打爛那隻花瓶？」

老先生望着街上的車輛行人，道：「我也不明白為什麼——」

老者講到這裏，便突然停止，瞪了我一眼，道：「你是什麼人，我憑什麼要對你講我的事情？」

我笑道：「有時候，相識數十年，未必能成知己，但有緣起來，才一相識，使成莫逆了，我覺得老先生的為人很值得欽佩，所以才冒昧發問的。」

「高帽子」送了過去，對方連連點頭，道：「對了，譬如我，就連自己的兒子，也不了解……」

我心中又自作聰明的想到：「原來老頭子有一個敗家子，所以才這樣傷神。」

那老先生道：「我們向前走走吧，我還沒有請教你的高姓大名啦。」

我和他一齊向前走着，我知道，從每個人的身上，都可能發掘出一段曲折動人的故事來的，但從這位老先生的身上，所發掘出來的事，可能比一般的更其動人，更具曲折。

我聽他問起我的姓名，便道：「不敢，小姓衛。」那老先生顯然是一個性子很急的人，連忙道：「姓衛？嗯，我聽得人說起，你們本家，有一個名叫衛斯理的，十分了得。」

我不禁笑了笑，道：「衛斯理就是我，了得倒只怕未必。」

那老先生立即站住，向我望來，面上突然現出了一種急切的神情來，一伸手抓住了我的手，我覺得他的手臂在微微發抖。

我不知道他何以在剎那之間如此激動，忙道：「老先生，你怎麼啦？」

他道：「好！好！我本來正要去找你，卻不料就在這裏遇上了，巧極，巧極！」

我聽了他的話，嚇了老大一跳，他的口氣，像是要找我報仇，苦於不知我的行蹤，但是卻恰好狹路相逢一樣！我忙道：「老先生，你要找我，有什麼事？」我一面說，一面已經準備運力震脫他的手臂。

老先生忽然嘆了一口氣，道：「老頭子一生沒有求過人，所以幾次想來見你，都不好意思登門，如今既然遇上了你，那我可得說一說了。」

我鬆了一口氣，心想原來他是有求於我，忙道：「那麼，你請說吧。」

老先生道：「請到舍下長談如何？」

今天是年三十晚，本來，我已準備和白素兩人一起度過這一晚上的。但是我聽出那老先生的語言，十分焦慮，像是除了我以外，沒有其他人可以幫助他一樣。所以我只是略想了一想，便道：「好的。」

老先生站住了身子，揮了揮手杖，只見一輛「勞斯萊斯」轎車駛了過來，在他的面前停下，那輛名貴的車子，原來早就跟在我們的後面了。

穿制服的司機，下車打開車門，我看了車牌號碼，再打量了那老先生一眼，突然覺得他十分面熟，這是時時在報上不經意地看過的臉孔，我只是略想了一想，道：「原來是X先生！」

我這裏用「X先生」代替當時我對這位老先生的稱呼，以後，我用「張海龍」三個字，代表他的姓名。我是不能將他的真姓名照實寫出來的，因為這是一個很多人知道的名字。

那老先生點了點頭，自負地道：「我以為你早該認出我的。」

我想起剛才竟認為他是家道中落，所以心情不好一事，不禁暗自失笑，他到現在為止，財產之多，只怕連他自己也有一些弄不清楚！

我們上了車，張海龍在對講電話中吩咐司機：「到少爺住的地方去！」司機的聲音，傳了過來，一聽便可以聽出，他語意之中十分可怖，反問道：「到少爺住的地方去？」張海龍道：「是！」

他「拍」地關掉了對講電話靠在沙發背上，一言不發。我心中不禁大是奇怪：為什麼司機聽說要到「少爺住的地方」去，便感到那麼可怕呢？

因為我不但在司機剛才的聲音中，聽出了他心中的可怖，這時，隔着玻璃望去，司機的面色也是十分難看，甚至他握住駕駛盤的手指，也在微微發抖！

我向張海龍望去，只見他微微地閉上了眼睛，並沒有和我談話的意思。

我決定不去問他，因為我知道，這其間究竟有些什麼不可思議的事情，我是遲早會知道的。

車子向前駛着，十五分鐘之後便已出了市區，到了郊外，又駛了二十分鐘，才折進了一條窄窄的，僅堪車子通行的小路，這時已經遠離市區了，顯得沉靜到了極點。

在小路上又駛了五分鐘，才在一扇大鐵門的前面停住，鐵門的後面仍是一條路，那天晚上，天氣反常，十分潮濕，霧也很濃，前面那條路通到什麼地方去，卻是看不十分清楚。

車子在鐵門面前，停了下來，司機下了車，張海龍這才睜開了眼睛，在衣袋中摸出了一串鑰匙，找出了一柄，道：「去開鐵門！」司機接過了鑰匙，道：「老爺……你……」

張海龍揮了手，道：「去開門！」那司機的面色，在車頭燈的照耀之下，更是難看之極，他以顫抖的手接過了鑰匙，走到那鐵門的面前。

突然之間，只聽得「噹瑯」一聲，那串鑰匙跌到了地上，司機面無人色地跑了回來，道：「鐵門上……的鎖開……着……開着……」

這時候，我心中的奇怪也到了極點。

多霧的黑夜，荒涼的郊外，社會知名的富豪，吃驚到面無人色的司機，再加上我自己這個不速之客，但究竟會發生一些什麼事情呢，我卻一無所知！

再也沒有其他環境，比如今這種情形，更充滿神秘的氣氛的了。

張海龍聽了，也像是愣了一愣，道：「拿來。」司機在車子中取出了一具望遠鏡，交給了張海龍，張海龍湊在眼上，看了一會，喃喃地道：「霧很濃，但好像有燈光，開進去！」

司機無可奈何地點了點頭，上前去推開了鐵門，拾起了鑰匙，回到了車中，駛車進門。而在那一段時間內，張海龍將望遠鏡遞給了我。

我從望遠鏡中望去，只見前面幾株大樹之中，一列圍牆之內，有着一幢很大的洋房。濃霧掩遮，看不清楚，但是那洋房之中，卻有燈光透出。

車子向前飛駛着，離那洋房愈來愈近，不必望遠鏡也可以看得清了，洋房的圍牆和牆壁上，全是「爬山虎」，但顯然有許久沒有人來修剪了。

我實在忍不住這種神秘的氣氛，回過頭來，道：「張老先生，可是令郎有着神經病，或是其他方面的毛病麼？」張海龍卻並不回答我。

車子很快地駛進了圍牆，在大門口停了下來。

圍牆之內，也是野草蔓延，十分荒涼，燈光正從樓下的大廳射出，而且，還有陣陣的音樂聲傳了出來。那是舒伯特的《小夜曲》。

只不過當我們的車子停在門口的時候，音樂聲便停止了。

張海龍自己打開了車門下車，我連忙跟在後面，他向石階上走去，一面以手杖重重地敲着石階，大聲道：「阿娟，是你麼？」

直到這時候為止，我對於一切事情，還是毫無頭緒，如今，我總算知道了一件事，那便是在這屋中的是一個女子。

果然，只聽得大廳中傳來了一個女子的聲音，道：「爸爸，是我。」

張海龍向石階上走去，他剛一到門口，門便打了開來，只見一個二十二、三歲的女郎，正站在門前，她一出現的時候，望着張海龍，面上帶着一點憐憫的神色，但是她立即看到了我，一揚頭，短髮抖了一下，面上卻罩上了一層冷霜。

我從他們的稱呼中，知道那女郎，便是張海龍的女兒，只聽得張海龍道：「阿娟，你怎麼來了？」那女郎扶着張海龍，向內走去，道：「我知道你一定要來的，所以先來等你。」

張海龍嘆了一口氣，道：「你回去，我請了一位衛先生來，有話和他說。」

張小姐回過頭來，冷冷地望了我一眼，她的臉上，簡直有了敵意，道：「你有什麼事情，可以和外人說，竟不能和女兒說麼？」

張海龍搖了搖頭，道：「衛先生，莫見怪。」

我就算見怪了，這時候，想趕我也趕不走了，我非弄清事情的究竟不可。

我們進了大廳，大廳中的佈置，華麗得有些過分。張海龍請我坐了下來，道：「阿娟，這位是衛先生，衛斯理先生。」

那女郎只是向我點了點頭，道：「爸爸，你怎麼老是不死心？每年，你都要難過一次，連過一個年都不能痛快！」

張海龍道：「你不知道，我這次遇上了衛先生，恐怕有希望了。」

那女郎並沒有冷笑出聲音來，可是她面上那種不屑的神情，卻是令人十分難堪，一扭身便走了開去，獨自坐在角落的一張沙發上，「刷刷」地翻着一本雜誌。當着她父親的客人，她這樣的舉動，實在是太沒有禮貌了。難道她以為年輕、貌美、家中有錢，便可以連禮貌都不要了麼？

我心中對這位千金小姐十分反感，欠了欠身，道：「張老先生，有什麼事情，你該說了。」

張海龍托着頭，又沉默了一會。

張海龍道：「衛先生，你可知道，一個年輕人，留學歸來，他不賭、不嫖，沒有一切不良的嗜好，但是卻在一年之內，用完了他名下兩百萬美元的存款，又逼得偷竊家中的物件去變賣，那花瓶，就……是給他賣了的！」

我聽得張海龍講出這樣的話來，心中不禁又好氣，又好笑！

我是當張海龍鄭重其事地將我請到了這裏來，一定有極其重大的事情。怎知卻是為了這樣的一件事。他說的，分明是他的兒子。

他說他的兒子不賭不嫖，但如今，有哪一個父親敢說完全了解自己的兒子？二百萬美元存款，自然全在賭嫖中化為水了！

我盡量維持着笑容，站了起來，道：「張先生，對不起得很，對於敗家子的心理，我沒有研究。」

那女郎忽然昂起頭來，道：「你以為我弟弟是敗家子麼？」

我狠狠地反頂了她一句，道：「小姐，我是你父親請來的客人，並不是你父親企業中的職員！」

那女郎站了起來，道：「我弟弟不是敗家子，你說他是，那是給我們家庭的侮辱！」

我彎了彎腰，冷冷地道：「高貴的小姐，我想，是你們高貴的家庭有了麻煩，令尊才會請我來的！」

那女郎的面色，變得十分難看。

張海龍忙道：「阿娟，你別多說了。」他說着，又轉過頭來，道：「她比她弟弟早出世半小時，他們是孿生的姊弟。」

我實在不想再耽下去了，連忙道：「張先生，你的家事，我實在無能為方！」

張海龍面上肌肉抽搐，眼中竟有了淚花，道：「衛先生，你一定要幫忙，因為他失蹤已經三年了！」

我心中震動了一下，一位億萬富翁兒子的失蹤，那可能意味着一件重大的罪惡。但是我仍然道：「那你應該去報警，或者找私家偵探。」

張海龍道：「不，我自己並不是沒有腦筋的人，我不能解決的事，私家偵探更不能解決。而我不想報警，因為親友只當他在美國的一個實驗室中工作，不知他已失蹤了。」

我感到事情十分滑稽，道：「你可是要我找回令郎來？」

張海龍緊緊地握着手杖，道：「那自然最好，但是我希望至少弄明白，他從美國留學回來之後，究竟做了些什麼事和為什麼會失蹤的！」

我聳了聳肩，道：「連你也不知道，我又怎麼會知道呢？」

張海龍道：「這就是我要借重你的地方，你跟我來，我給你看一處地方和一些東西，一路上我再和你約略地講他的為人。」

我又開始發現，事情不像我想像地那樣簡單。

我想了一想，便道：「好。」

那女郎則道：「你決定將我們家中的秘密、弟弟的秘密，暴露在外人的面前麼？」

張海龍的神情，十分激動，道：「事情沒有弄清楚之前，這是秘密。但是我相信事情弄明白了之後，小龍的一切作為，對我們張家來說，一定會帶來榮譽，而不是恥辱，終將使所有外人知道事情的真相。」

那女郎不再說什麼，道：「要不要我一齊去？」

張海龍道：「不用了。」

那女郎又在那張沙發上坐了下來，在坐下之前，再向我瞪了一眼。顯然地，這位美麗的女郎，對我的出現，表現了極度的厭惡。

我不去理會她，和張海龍兩人出了大廳，繞過了這幢大洋房，到了後園。在後園，有着一個方形的水泥建築物，像是倉庫一樣，鐵門上有鎖鎖着。

張海龍摸索着鑰匙，道：「小龍是一個好青年，因為他一年三百六十天，連睡覺都在裏面睡的，他可以成為一個極有前途的科學家的！」

我向那門一指，道：「這是什麼所在？」張海龍道：「這是他的實驗室。」我又問道：「他是學什麼的？」張海龍道：「他是學生物的。」我正想再問下去，突然，我聽得出那扇鐵門之中，傳來了一陣沉悶的吼聲。

我一聽得那吼聲，全身盡皆一震，不由自主，向後退出了兩步。

有一個時期，我十分喜歡狩獵，在南美森林中，度過一個時期。

而剛才，從張小龍的「實驗室」中傳出的一陣吼聲，雖然像是隔着許多障礙而聽不真切。但是我卻可以辨認出，那是美洲黑豹特有的吼叫聲！美洲黑豹是獸中之王的王，那簡直是黑色的幽靈，在森林之中，來去無聲，任何兇狠的土人、高明的獵人，提起了都會為之色變的。

而在這裏，居然能夠聽到美洲黑豹的吼聲，這實是不可思議的怪事！

霎時之間，我不知想起了多少可能來，我甚至想及，張海龍可能是一個嚴重的心理變態者，他編造了故事，將我引來這裏，是為了要將我餵那美洲黑豹！

看張海龍時，他卻像是未曾聽得那陣吼聲一樣，正將鑰匙插入鎖孔之中。

我連忙踏前了一步，一伸手，已經將張海龍的手腕握住。當時，因為我的心中甚是有氣，所以用了幾分力道，張海龍雖然是一個十分硬朗的老人，但是他卻也禁不住我用了兩分力量的一握。

他手中的鑰匙，「噹」一聲地跌到了地上，他也回過頭來，以極其錯愕的神情望着我，他的額角上雖已滲出了汗珠，但是他卻並不出聲——他真是一個倔強已極的老人，當時我心中這樣想着。我和他對望片刻，才道：「張先生，這究竟是什麼意思？」

張海龍道：「請……請你放手。」

我聳了聳肩，鬆開了手，道：「好，那你得照實說，你究竟是什麼意思。」

張海龍搓揉着他剛才曾被我緊握過的手腕，道：「衛先生，這是一件十分奇怪的事情，剛才在屋中，我已經和你大概說過了，我要帶你到這裏面看一看的目的，便是——」

我一聽得張海龍講話，如此不着邊際，心中更是不快，不等他講完，道：「張先生，剛才從那門內傳出來的那一下吼聲，你有沒有聽到？」

張海龍點頭道：「自然聽到。」

我的聲音，冷峻到了極點，道：「你可知道，那是什麼動物所發出的？」

張海龍的語音，卻並不顯得特別，道：「當然知道啦，那是一頭美洲黑豹。」

我立即道：「你將我帶到一個有着美洲黑豹的地窖中，那是什麼意思？」

張海龍又呆了一呆，突然「哈哈」大笑起來！

我倒給他的笑聲，弄得有一點不好意思起來，張海龍笑了一會，拍了拍我的肩頭，道：「名不虛傳，果然十分機警，但是你卻誤會我了，我對你又怎會有惡意？這一頭黑豹，是世界上最奇怪的豹，牠是吃素的，正確地說，是吃草的。」

我以最奇怪的眼光望着張海龍。這種眼光，倒像是張海龍並不是一個人，而是一頭怪物——一頭吃草的黑豹！

天下還有什麼事情比這句話滑稽的麼？

不必親眼看過黑豹這種動物如何殘殺生靈，也可以知道美洲黑豹是世界上最殘忍的食肉獸之一。說美洲黑豹能夠食草為生，那等於說所有的魚要在陸地上生活一樣的無稽。而講這種話的人，神經一定也不十分正常的了。

大年三十晚上，和一個神經不正常的人在一起，我感到有立即離開的必要了。因此，我不再和張海龍辯駁下去，只是笑了笑，道：「好，張先生，對不起得很，我真的要告辭了。」

張海龍道：「衛先生，你如果真的要告辭了，我自然也不便多留。」他講到這裏，頓了一頓，直視着我，又道：「但是，衛先生，我可以用我的名譽向你保證，我對你說過的，都是實話。」

我本來已經下定了決心要離開這裏的了。但是我一聽得這句話，心中卻又不禁猶豫了起來。

我上面已經說過，張海龍乃是在這個社會中，極有名譽地位的人，他實在沒有必要來和我開玩笑。而像他這樣一個倔強固執的人，一定將本身的名譽看得極其重要，更不會輕易地以名譽來保證一件事的！

我苦笑了一下，攤了攤手，道：「好，吃草的美洲黑豹，好，你開門吧，我倒要看一看。」

張海龍俯身，拾起了鑰匙，又插入了鎖孔之中，轉了一轉，「啪」的一聲，鎖已打開，他伸手將門推了開來，我立即踏前一步，向門內看去。

門內是一級一級的石級，向地下通去。那情形，倒不像是什麼實驗室，而像是極秘密的地庫一樣。我望了望張海龍，道：「令郎為什麼要將實驗室建造成為這個樣子？」

張海龍答道：「這個實驗室，是他還未曾回到香港之前，便託人帶了圖樣前來，要我照圖樣建造的，我也不知他是什麼意思。」

我點了點頭，心中暗忖，如果張小龍是學原子物理，或是最新的尖端科學的話，那麼這件事的背後，可能還隱藏着極大的政治陰謀。但是，張小龍卻是學生物的，難道他竟在這間地下室中，培植可以致全人類於死亡的細菌麼？

老實說，到這時候為止，我的心中，還是充滿了疑惑，難以自解。

我跟在張海龍的後面，沿着石級，向下一級一級地走去，不一會，便到了盡頭，盡頭處又是一扇門。

這一扇門的構造，和普通的門截然不同，一般來說，只有保險庫，或是在潛艇之中，原子反應堆的建築物，或是極度機密的所在，才有人用這樣的門的。這種門，一看便知道，絕不能由外面打開的。

我心中雖然更增疑惑，但是我卻索性不再多問張海龍。

只見張海龍伸手，在一個按鈕之上，按了兩下，隱隱聽得門內，傳來了一陣鈴聲。我實在忍不住了，道：「張先生，裏面還有人麼？」

張海龍點了點頭，道：「有，有兩個。」

我不禁怒道：「張先生，你有什麼權利將兩個人，囚禁在這樣的地方？」

張海龍嘆了一口氣，道：「衛先生，等你見到他們，你就明白了。」

我正要想再說什麼，只見那扇門，已經緩緩地打開。

門一開，我立即向前跨出了兩步。

而當我跨出了兩步之後，我也便置身於一個我從來也未曾到過的地方了，正如我篇首一開始時所說的那樣，我從來也未曾到過這樣一個奇怪的地方。

當然，所謂「奇怪」，並不是地方的本身。地方的本身並沒有什麼奇怪，那是一間十分寬大，有着良好通風設備的地下室，約有兩百平方公呎大小。

而令我目瞪口呆，幾乎說不出話來的，卻是這一間地下室中的陳設。

地下室的一角，搭着一間矮小的茅屋，這間茅屋，像是原始人居住的一樣。（我實是萬萬難以想得明白，在這樣的地下室中，為什麼要搭上這樣的一間茅屋——）

而在茅屋的前面，豎着一段用直徑約六寸，高約五尺的圓木所刻出的圖騰，油着紅藍的油彩，一時之間，我也難以看清這圖騰上列的是什麼。

而在地下室的幾盞電燈旁邊，卻都有着一頭死去的動物，或是雞，或是貓，或是狗，甚至有老鼠。那些已經死去的動物，發着一股異樣的氣味，但是又並不是腐臭，看情形，像是對電燈的祭祀。

看了這一切，都使人聯想到上古時代，或是原始森林中的一切。

但是，在地下室的另一角，卻是一張老大的實驗枱、密密排排的試管、各種各樣怪狀的瓶子，和許許多多的藥物，那是現代文明的結晶。

這一切，還不足以令我的奇怪到達頂點。而令我有生平未嘗有那麼怪異的遭遇之感，還是這兩件事：一件事，就在那間茅屋的旁邊，伏着一頭黑豹。

那頭黑豹的毛色，真如同黑色的寶石一樣，一對老大的眼睛，閃閃生着綠光，那簡直是一個黑色的魔鬼，兇殘與狡猾的化身。然而這個黑色的魔鬼，伏在地上，伸出牠的利爪，抓起了一束乾草，塞到了牠的口中，津津有味地咀嚼着，像是一頭牛，或是一隻羊一樣。

而在那隻黑豹之旁，還有一個人在。

那個人坐在地上，以奇怪的眼光望着我。但是我相信，我望着他的眼光，一定比他更奇怪得多。

他的身材十分矮小，大概只有一百三十公分上下，膚色是紅棕色。身上披的是一張獸皮，頭髮黃黑不一，面頰上還畫着兩道紅色的油彩。

我在一時之間，不能確定他是什麼地方的人，只是隱約可以猜想，這不是南美洲，便是中美洲的一種印第安人。這個人，和替我們開門的人一樣。那替我們開門的，像是一個女人，裝束神情全一樣。卻更矮些，只到我的胸襟。那開門的紅種人，向張海龍彎腰行了一禮，她行禮行得十分生硬，顯然不是他們原來的禮節。我呆了好一會，才回頭道：「張先生，這是什麼意思？」

張海龍道：「這兩個人，是小龍來的時候一齊帶回來。他們是什麼地方人，你可知道？」

我用印加語問他們兩人，問了一句話，那兩個人只是瞪着我。我又用另一種南美洲人士習用的語言向他們問了同一句話，那兩人望了我一會，那個男的，用一種奇怪的語言，也向我說了一句話。

第二部

世界上最怪的實驗室

那男人所操的這種語言，是我從來也未曾聽到過的。語言的幾大系統，總有脈絡可尋，但是那人所講的語言，是屬於哪一語言系統，我卻認不出來。

那男人接着又講了許多句，我只聽得出，那是一種非常簡單的語言，有着許多的單音子和重音子，我相信，我如果和他們兩人，相處三個月到半年，大概便可以和他們交談了。

但是在眼前，他們在說些什麼，我卻一點也聽不懂。

我在力圖聽懂他們的話失敗之後，才回過頭來，對張海龍道：「張先生，你帶我到這裏來看，究竟是為了什麼呢！」

張海龍的面色，顯得十分嚴肅，道：「衛先生，你也是聰明人，是應該明白的。你看，這裏的一切，多麼的奇怪？」

我心中大有同感，因為這裏的一切，的確是奇怪到了極點。

張海龍繼續道：「我相信，小龍在這裏所作的實驗，一定是世界上以前，從來也未曾有人試過的，但究竟是什麼事，你必須弄明白。」

他停了一停，來回踱了兩步，道：「還有，他人上哪裏去了，也希望你能夠查明，他雖然是一個十分專注於科學的人，但是卻絕不是三年不同家人通音信的人。我想，他可能已遭到不幸。但就算他死了，我也要有一個……確實的……結果！」

張海龍是一個十分堅強的老人，但當他説到最後幾句話時，他的手也不禁在微微發抖，聲音也在發顫——

我本來想拒絕張海龍的要求的。因為我絕不能算是一個好偵探。

但是看在張海龍將希望完全託在我身上這一點，我又不忍拒絕他。我只是道：「我願意試一試。」張海龍握住了我的手，道：「不是試一試，而是要你去做！」

我又向這間地下室四面看了一眼，我心中實是一點頭緒也沒有。

呆了片刻，我道：「張先生，我可以答應你的要求，但是我要向你問很多的問題，而且，這間地下室的鑰匙，你要給我。」

張海龍點頭道：「可以。」

我道：「那麼，令郎是不是住在這地下室中的呢？」張海龍道：「我懷疑他沒有睡覺，因為他每隔幾天，從這個地下室中出來，總是筋疲力盡，倒頭便睡。至於他在做些什麼，誰也不知道！」

我走到實驗枱面前，仔細看了一看，試管並不是全空着，有幾隻試管中，有着乾涸了的藥物，一隻酒精燈，已燃盡了酒精，連燈芯都焦了，一個好的科學家是不會這樣失於檢點的。

就這一點來看，我至少可以肯定一點：張小龍離開的時候，一定十分匆忙，而且連酒精燈也未曾弄熄。他離去之後，一直未曾回來，所以才會有這樣的情形出現。

我又看到，在實驗枱的另一端，有着幾個厚厚的文件夾，文件夾中，滿是紙張，我自然知道，那是張小龍實驗的紀錄。

我伸手去拿那兩個文件夾，但是，我剛一伸出手去，立即聽到了兩個怪異的吼叫聲，和張海龍大聲呼喝的聲音！

我立即看出，有兩個人，正由我身後，向我撲了過來！我連忙一個轉身，只見那兩個身材矮小的印第安人，像是兩頭貓鼬撲向響尾蛇一樣，向我攻了過來，他們的手中，還各自握着一柄尖矛！

這種人手中的武器，自然含有劇毒，我不知他們為什麼突然攻擊我，但是我卻知道絕不能給他們手中的尖矛刺中。

而且，在我今後的工作中，還有許多地方，要用到這兩個來歷不明的印第安人的，所以，我還要趁此機會去收服他們。

當下，我一轉過身來，他們兩人，已經撲到了離我身前只不過五、六尺之處，但是我仍然身形凝立不動，直到兩人手中的尖矛，一齊向我胸中刺出之際，我才猛地一個箭步，向後掠出，在向後掠出之際，同時雙足一頓，向上躍了起來。

因此，在剎那之間，我在那兩個印第安人的頭上，掠了出去。

那兩個印第安人的兩個尖矛，「卜卜」兩聲，擊在實驗枱上，我一躍過他們的頭頂，立即身形下沉，在他們尚愕然不知所措之際，雙手一伸，已經按住了他們的背心！

那兩個印第安人被我按在實驗枱上，一動都不能動，只是嗚哩嘩啦地怪叫。

張海龍走了上來，道：「衛先生，我只知道這兩個人十分忠心，連我碰一碰那張枱上面的東西，他們都要發怒的。」

我這才知道那兩個人攻擊我的原因，我鬆開了手，向後退了開去。

那兩個印第安人轉過身來，惡狠狠地瞪着我。我向他們作了一個南美洲土人，表示和平的手勢。那兩個人居然看懂了，也作了一個同樣的手勢。

我向他們笑了一笑，慢慢地道：「張——小——龍。」

那兩個印第安人愣了一愣，也道：「張——小——龍——」他們講得十分生硬，但是卻可以清晰地聽出，他們是在叫着「張小龍」的名字，可知張小龍的名字，是他們所熟悉的。

我又連叫了幾遍「張小龍」的名字，然後，不斷地做着表示和平的手勢，那兩個印第安人，面上現出了懷疑的神情。

我四面一看，看到一張椅子，我走了過去，將那張椅子，提了起來，放在膝頭上一砸，那張椅子「嘩」地散了開來。

我又提起一條椅子腳，雙手一搓，椅子腳變成了片片木片！

那兩個印第安人，高聲叫道：「特武華！特武華！」我不知道他們口中的「特武華」三字是什麼意思。但只見他們一面叫着，一面五體投地，向我膜拜起來，我也不知道用什麼來阻止他們才好。

兩人拜了一會，站了起來，收起了尖矛，將那一疊文件夾，遞到了我的手中。我接過了文件夾，回頭問道：「他們兩人的食物從哪兒來的？」

張海龍道：「我也不知道，到了夜晚，他們往往會出來，滿山去亂跑，大約是自己在找尋食物，我的司機，曾遇到過他們幾次，嚇得面無人色！」

到現在為止，至少已弄清楚了一件事：那便是司機為什麼害怕。而未曾清楚的事情，卻不知有多少！

我想了一想，道：「我們可以離開這裏了，我相信，從這一大堆文件中，我們一定可以研究出一點頭緒來的。」張海龍道：「但願如此。」

我們兩人，一起退出了地下室，那兩個印第安人，立即由裏面將門關上。我們又上了石級。一路上，我急不及待地翻閱着夾中的文件，但那卻是我們不甚了了的公式、圖表。

到了客廳中，張小娟仍是氣呼呼地坐着，連望都不望我一眼，只是對她的父親道：「爸爸，你滿足了，因為又有人知道我們的醜事了。」

張海龍面色一沉，喝道：「阿娟，你回市區去！」

張小娟霍地站了起來，高跟鞋聲「咯咯」地響着，走了出去，不一會，我們便聽到了汽車開走的聲音。

我和張海龍兩人，在客廳中呆坐了一會，我心中想好了幾十條問題，便開始一一向張海龍提了出來。

在這裏，為了簡單起見，我用問答的形式，將當時我們的對話，記錄下來。問的全是我，答的，全是張海龍。

問：令郎在失蹤之前，可有什麼特殊的表現？

答：他為人一直十分古怪，很難説什麼特殊表現。

問：他沒有朋友麼？

答：有，有一個外國人，時時和他來往，但我卻不知道他的名字和地址。

問：他有沒有記日記的習慣？

答：沒有。

問：他在美國哪一家大學求學？

答：密西西比州州立大學。

問：你再仔細地想一想，他失蹤之前，有什麼異乎尋常的舉動？

答：有的，那是年三十晚，他突然來到我的辦公室，問我要四百萬美元的現款。年夜晚哪裏能在一時之間湊出那麼多的現款來？我問他什麼用，他不肯說，就走了。他離開了我的辦公室之後，就一直沒有人再見過他了，直到現在。

我問到這裏，覺得沒有什麼可以再問下去的了。我站起身來，道：「張老先生，我認為你不要心急，我當會盡量替你設法的。」

張海龍道：「衛先生，一切多拜託了，要多少費用——」

我立即打斷了他的話頭，道：「張老先生，我相信令郎，一定是一個十分出色的科學家，他所在進行的工作，也一定是十分奇特的工作，而且他的失蹤，也十分神秘，我要弄清楚這件事，費用先由我自己支付可好麼？」

張海龍道：「本來，我也不想提出費用這一層來的，但是——」

我道：「但是什麼？」

張海龍道：「但是因為小龍在的時候，在極短的時間內，花了那麼多錢，至於他在做些什麼，卻又沒有人知道，所以，我只怕你在調查經過的時候，有要用更多的錢的緣故。」

我笑道：「好，如果有必要的話，我一定向你開口，但是我希望你不要盤問我取錢的用途！」

張海龍忙道：「自然，自然。」

我心中暗忖，這一來，事情便容易進行許多了。

因為張海龍的財力如此雄厚，若說還有什麼辦不到的事情，那一定是人力所不能挽回的了！

所以，我當時便道：「那樣就方便得多了。張先生，我已沒有必要再留在這裏了，但是，在這別墅中，難道沒有一間房間，是為令郎所預備的麼？」

張海龍道：「有的。」我道：「你可能帶我去看一看？」張海龍的面上，現出了猶豫之色，像是對於我這個普通的要求，都不肯答應一樣。

我不禁大是不快，道：「張先生，你必須不能對我保留任何秘密才好！」

張海龍忙道：「我不是這個意思，我是為了你好！」我詫異道：「為了我好？那間房間中，難道有鬼麼？」

我這句話，本來是開玩笑的。

但是張海龍聽了，面色卻突然一變，四面看了一下。

我心中不禁再是一奇，因為自從我和張海龍相識以來，他給我的印象，完全是一個充滿了自信、有着極度威嚴，一生都指揮別人，絕不居人下風的性格，害怕和恐懼，常是遠離這種人的。

但是如今，看他的面色，他卻的確感到了相當程度的害怕。

我等着他的解釋，他靜了好一會才道：「衛先生，前一年這間別墅中曾發生一件聳動的新聞，難道你忘了麼？」

我略想了一想，便記了起來，「啊」的一聲，道：「對了，去年除夕，有一個外國遊客，在此過夜，結果暴斃的，是不是？」

張海龍點頭道：「你的記憶力真不錯。」

我道：「當時我不在本地，如果在的話，我一定要調查一下死者的身分。

那死者不是遊客，而是有着特殊身分的，是不是？」

張海龍聽得我如此說，以一種極其佩服的眼光看着我，從他的眼光中，我知道我已經猜中了。

這實在並不是什麼難事。以前，我和我的朋友曾討論過這件事情，因為這個暴斃的遊客，是死在一個著名的富豪的別墅中的。這種事，照例應該大肆轟動才是道理。

然而，報上卻只是輕描淡寫地當作小新聞來處理。那當然是記者得不到進一步消息的關係。凡是應當轟動的新聞，卻得不到詳盡的報道，那一定是有着不可告人的內幕。

張海龍望了我片刻，道：「你猜得不錯，他是某國極負盛名的一個機構中的高級人員。」

張海龍當時，自然是將這個機構的名稱和那個國家的名字講了出來的。我如今記述這件怪異到幾乎難以想像的事情之際，覺得不便將這個機構的名稱如實寫出，反正世界各大國的警探諜報機構，舉世聞名的寥寥可數，不寫出來，也無關宏旨。

當時，我不禁奇道：「遠離重洋，他是特地來找你的麼？」

張海龍道：「是，這件事，我還沒有和你詳細說過，那一年，某國領事館突然派人來請我，說是有一個遊客，希望借我的別墅住幾天，那人是小龍學校的一個教授。我和某國，有很多生意上的來往，自然一口答應，那人的身分，我也是直到他死時才知道，他住了兩天，除夕晚上，就出事了。」

我連忙道：「出事的時候，經過情形如何？」

第三部

一個暴斃的神秘人物

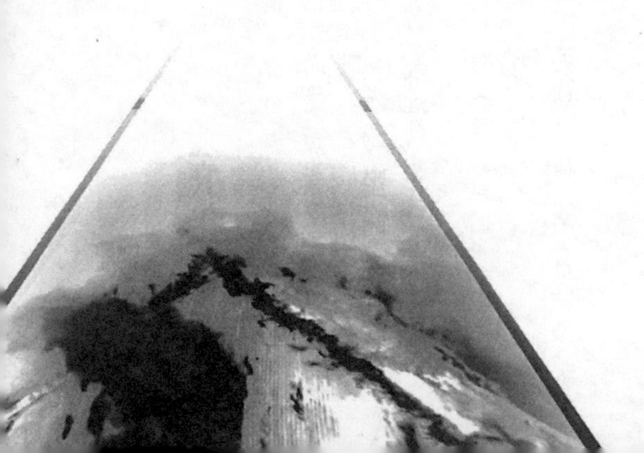

張海龍道：「當時，這別墅還有一個守門人。據他說，當晚，他很晚從墟集看戲回來，只見那外國人的房間，向外冒着火──」

「冒着火？」我插嘴道：「那麼，他是被火燒死的了？」

張海龍道：「不，火……據花王說，那火……不是紅色，而是紫色的，像是神話中，從什麼妖魔鬼怪口中噴出來的一樣，他當時就大叫了起來，向上衝了上去，他用力地槌門，但是卻沒有反應，他以為那外國人已被煙燻得昏迷過去了……」

我忙又道：「慢，別墅中除了那外國人，就只有守門人一個人麼？」

張海龍道：「不是，小女為了要照料那兩個印第安侏儒，本來是住在別墅中的，但因為那外國人在，所以便搬進市區去了。」

我點了點頭，道：「當然是花王撞門而入了？」

張海龍道：「不錯，花王撞門而入，那外國人已經死了，奇怪的是室內不但沒有被焚毀，連一點火燒的痕迹都沒有。那外國人的死因，只知道是中了一種酸的劇毒。」

張海龍講到這裏，我心中猛地一動，想起那兩個印第安侏儒來。

那兩個印第安侏儒，不是來自南美洲，就是來自中美洲。他們是哪一個部落的人，我還未能弄清楚，但是我立即想起他們的原因，則是因為在這些未為人知的土人部落中，往往會有不為文明世界所知的毒性十分奇特的毒藥之故。

我忙道：「那一天晚上，這兩個印第安侏儒在什麼地方？」

張海龍道：「自然在那實驗室中。」

我追問一句，道：「你怎麼可以保證？」

張海龍道：「我可以保證的，這實驗室，除了我帶你去過的那條道路之外，只有另一條通道，而那條通道的控制機關，就在我的書房中，印第安侏儒要出來活動，必須按動信號，才會放他們出來。在那外國人留居期間，我截斷了和印第安侏儒的通訊線路，他們便當然不能出來了！」

我想了想，覺得張海龍所說的，十分有理。

他既然講得如此肯定，那麼，自然不是這兩個土人下的手了。

張海龍續道：「守門人報了警，我也由市區趕到這裏，在我到的時候，不但某國領事館已有高級人員在，連警方最高負責人之一也已到達，他們將死者的身分說了出來，同時要我合作，嚴格保守秘密，他們還像是知道小龍已經失蹤了一樣，曾經向我多方面盤問小龍的下落，被我敷衍了過去！」

我不得不再度表示奇怪，道：「張老先生，這時候令郎失蹤已經兩年了，你為什麼不趁這個機會，將這件事講出來呢？」

張海龍嘆了一口氣，道：「你年紀輕，不能領會老年人的心情，我只有小龍一個兒子，他突然失了蹤，雖然我深信他不會做出什麼不名譽的事來，但是卻也難以保險，我不能將小龍的事，付託給可能公諸社會的人手上。」

我點了點頭，表示我明白了張海龍的心意。

張海龍又道：「守門人在經過了這件事之後，堅決不肯再做下去了，他是我家的老傭人了，他要辭工，我也沒有辦法，據他說，他在前一晚，便已經看到花園中有幢幢鬼影了！」

我道：「那麼，這人現在在什麼地方？」

張海龍道：「可惜得很，他辭工之後半個月，便因為醉酒而跌進了一個山坑中，被人發現的時候已經斷氣了。」

我一聽張海龍如此說法，不禁直跳了起來！

因為這件失蹤案，從平凡到不平凡，從不平凡到了神秘之極的境界。到如今為止，至少已有兩個人為此喪生了，而張小龍的死活，還是未知之數。

我之所以將那個身分神秘的密探和守門人之死，這兩件事與張小龍的失蹤連在一起，那是因為我深信這位枉死的高級密探專誠到來，完全是為了張小龍的緣故，如果張海龍當時肯合作，他兒子失蹤一事，此際恐怕已水落石出了。

我想了片刻，沉聲道：「張老先生，本來我只是想看一看那間房間，但如今，我卻想在這間房間中住上一晚，你先回市區去吧！」

張海龍斷然道：「不行！」

我笑了一下，道：「張老先生，你不是將事情全權委託予我了麼？」

張海龍道：「正因為如此，我才不能讓你去冒險，這間房間，充滿了神秘陰森的氣氛，半年前，我曾打開來看了一看，也不寒而慄！」

他在講那句話的時候，面上的神情，仍顯得十分地可怖。

我立即道：「張老先生，我如果連這一點都害怕的話，還能夠接受你的委託麼？」

張海龍來回踱了幾步，道：「衛先生，你千萬要小心！」我笑道：「你放心，妖火、毒藥，都嚇不倒我的，給我遇上了，反而更容易弄明白事實的真相哩。」

他在一串鑰匙中，交給了我一條，道：「二樓左首第三間就是。」

我道：「順便問一聲，這別墅是你自己建造的麼？」張海龍道：「不是，它以前的主人，是一個礦業家，如今破產了。」

我這個問題是很要緊的，因為別墅既不是張海龍親手建造的，那麼，別墅中自然也可能有着他所不知的暗道之類的建築存在了。

張海龍走了出去，我送他到門口，他上了車，才道：「你或許奇怪，我為什麼不將那隻花瓶買回來？」我點了點頭。

張海龍道：「我是想藉此知道小龍是不是還有朋友在本地。因為我打聽到，這花瓶是小龍押出去，他可以隨時以巨款贖回來的，如果有人去贖，那麼我就可以根據這個線索，找到小龍的下落了。」

我笑了一笑，道：「結果，因為那花瓶，我們由陌路人變成了相識。」

張海龍道：「天意，這可能是天意！」

我向他揮了揮手，司機早已急不及待，立即將名貴的「勞斯萊斯」駕駛得像一支箭一樣，向前激射而出，車頭燈的光芒，愈來愈遠。

我這才轉過身來。

不但那間大別墅，只剩下我一個人，而且，方圓幾里路之內，只怕除了那兩個怪異之極的侏儒之外，也不會再有其他人了！

我自然不會害怕着一個人獨處。

但是，在心頭堆滿了神秘而不可思議的問題之際，心中總有一種異樣的感覺，當我轉身，再回到大廳中的時候，彷彿大廳中的燈光也暗了許多，陰森森的，令人感到了一股寒意。

而四方八面，更不知有多少千奇百怪，要人揣測來源的聲音，傳了過來。

這些聲音，知道了來源之後，會令人發笑，那不過是木板的爆裂、老鼠的腳步聲、門聲等傳了過來。

我不由自主，大聲地咳嗽了兩聲。在咳嗽了兩聲之後，我自己也不禁笑了起來，暗忖：我什麼時候，變得膽子那麼小起來了？

然而，當我在大廳之中，又來回踱了幾步之後，我卻又咳嗽了兩下。

同時，我心中對於張小娟的膽量，不禁十分佩服。

因為當我和張海龍趕到的時候，張小娟一個人在這裏的。本來，我心中對張小娟十分厭惡，但一想到她至少具有過人的膽量這一點，我對她的印象，就好轉了許多。

我將張海龍給我的鑰匙，上下拋着，向樓梯上走去，很快地，我便到了二樓，亮了走廊上的電燈。四周圍是那樣地沉靜，以致走廊上雖然鋪着軟綿綿的地氈，但是我還可以聽得自己的腳步聲，而又像是有陣陣陰風，自後方吹來。

當我來到了一間房間的門前之際，我一共回頭看了三次，看我身後是不是有人跟着，結果當然是沒有人跟在我的後面。

我的脅下，挾着從實驗室取來的那一疊文件，我相信一年之前，降臨在那高級密探身上的命運，也可能降臨在我的身上。所以，我不得不特別小心地來應付這異樣的環境。

我一生中，經歷了不少驚險的事，但是沒有一件，像這一次那樣，濃厚的神秘氣氛，像一層又一層厚霧一樣包圍着事實的真相，使你難以明白事情究竟是怎麼一回事！

這別墅中沒有電話，我沒有法子和外界聯絡。

而剛才張海龍離去的時候，我也不便託他帶口信出去，因為他是那樣不願意再有人知道這件事。

我在門口站了一分鐘，側耳細聽門內的動靜。門內靜得一點聲音也沒有，所以，當我將鑰匙插進鎖孔的時候，竟發出了出人意料的大聲響：那「啪」的一聲後，我伸手一推，立即向後躍退。

房門「呀」的一聲，被推了開來。

就着走廊中的燈光，我定睛向房中看去。

在意料之中，房內一個人也沒有，我跨進了房中，找到了電燈開關，開着了電燈。

房中的陳設十分簡單，是為一個單身漢而設的。較惹人注目的是一隻十分大的書架，而且架上的書籍，顯得十分凌亂。

所有的家具上，都有着厚厚的灰塵，我掀起了牀罩，四面拍打着，不一會，便已將積塵一切打掃清楚。

我在椅上坐了下來，仔細地將今日的經歷，想了一遍。又將今日晚上要做的事，定下了一個步驟。

今晚，我當然不準備睡覺，但我也不準備去研究那文件夾中的文件。因為那些文件，雖然有着極其重要的地位，但是卻在我的知識範圍之外，是我沒有法子看得懂的東西。

我將文件夾塞到了枕頭底下，我決定花上大半晚的時間，來小心地搜尋這間房的每一個角落。

我首先以手指叩着牆壁，直到確定了房間中不可能有暗道，我才開始拆開被子，撕破枕頭，打開衣櫥，將每一件衣服，都翻來覆去地看上半晌，甚至拆開了衣服的夾裏。然後，我又打開着每一個抽屜，在較厚的木板上敲打着，看看可有夾層。

做完了這一切，而足足花了我三個來鐘頭，我看了看手表，已經是清晨兩點鐘了。我在不知不覺之中，度過了舊的一年。

屋中的一切，已被我翻得不成樣子。

我最後，才着手檢查那隻書架，我一本一本地將書取了下來，抖動着，看看書中可夾有紙片，當我取到書架上第二層的書籍之際，我忽然大為振奮。

因為，我取到手中的並不是一本書，而是一本有鎖的日記。

不用說，日記簿的主人，一定是張小龍了！

當我想到，我可能在這本日記簿中發現一切的秘密之際，我不禁大喜過望。可是我立即便發現，日記簿上簡陋的鎖，早經人破壞過了。

我打開日記簿，更發覺那本日記簿，已被人撕掉了一半以上，留下來的全是空白。我仍不灰心，耐心地一頁一頁地翻着，在最後的幾頁上，發現了許多痕迹，那是因為上一頁寫過字而印下來的。

我企圖從那些痕迹中辨認出字句來，但是我失敗了。因為張小龍（假定這本日記簿是張小龍的話）記日記用的是英文，而且，寫得十分潦草，我認了半晌，只認出了兩個字。

因為那兩個字，寫得特別大，而且大約特別重，所以留下來的痕迹，也容易辨認些，那兩個字，譯成中文，是「妖火」兩個字。

但是我既然只能辨認出那兩個字，自然也只能在那兩個字上，動一下腦筋，「妖火」是什麼意思？這兩個字，甚至於不能給我任何概念！

我合上了日記簿，側頭仔細地思索起來。

我一側頭，眼睛便自然地望着窗外。

窗外一片黑，然而，在剎那之間，我明白「妖火」兩字的意義了，因為，我見到了「妖火」！

第四部

妖火——

在那片刻之間，我心中的驚駭之感，實是到了極點，以致竟忘了趕到窗口，打開窗子，仔細地看上一看！

那令得我驚駭的奇景，轉眼之間，便自消逝，而當我省悟過來，再趕到窗前，猛地推開窗子，向外看去時，外面卻是漆黑一片，什麼也看不到了！

我如今要形容當時的所見，覺得十分困難，因為那景象實在是太奇特了，從窗外望出去，是花園和那幢別墅的另一角。

而當我剛才，無意中向窗外一瞥之間，卻看到別墅另一角的一扇窗子中，噴出了光亮奪目的火焰來！那種火焰的色彩，十分奇特，而且，火焰噴射的時候，我也沒有聽到什麼聲音，以「妖火」兩字來形容它，也可算十分恰當。

但是，火焰卻是活的，火舌向外狂妄地亂竄，炫目到了極點！

所以，我立即便想到了「妖火」兩字，也明白了這兩字的意義，這火焰，的確有點像什麼「九頭妖龍」所噴出來的一樣！

我已經算得幾乎是立即趕到窗口，打開窗子向下看去的了。但是在片刻間，那神奇的火焰，卻已經消失了。我上面已經提到過，這一晚的霧十分濃，如今已是清晨，霧看來更濃了些。

但是我在看到那神奇的火焰之際，卻是絲毫也沒有為濃霧所遮的感覺。

我一打開窗後，才記起這是一個霧夜，我向下看了一看，立即一蹬足，便從窗子中，向外跳了出去。

窗子在二樓，離地十分高，但自然難不到我。

我一落地之後，立即向剛才噴出火焰的窗子掠去，當我掠到了的窗子的面前，我又不禁一愣，原來那扇窗子，緊緊地關着。

不但窗子關着，而且積塵甚厚，但是剛才我卻又明明白白，看見有大蓬火焰，從這窗中射了出來！

我掄起兩掌，將那窗子，打得粉碎，向裏面看去，只見那像是一間儲物室，堆滿了雜物，連供人立足之處都沒有！

我的心中，在這時候，起了一陣十分異樣的感覺。

如今，我知道已死的守門人在除夕晚上，看到有火焰自那高級密探所睡的房間中噴出一事，並不是虛構，也不是眼花。

我更可以肯定，這「妖火」的出現，花王看到過，張小龍也看到過，因為他的日記簿上，留下了「妖火」這兩個字。

去年除夕，「妖火」出現，在半個月之內，一連出現了兩條命案，今年……

當我想到了這一點的時候，我身上更感到了陣陣寒意，也就在此際，我只聽得那實驗室中傳來了一陣十分怪異的呼叫聲。

那種呼叫聲，聽了實足令人毛髮為之直豎，它不像哭、不像笑，也不像嚎叫，卻是充滿了不安、驚惶和恐懼。在呼叫聲中，還夾雜着許多單音節的字眼，我一點也聽不懂。

這呼叫聲，當然是實驗室中那兩個土人所發出來的，我給他們叫得難以忍受，連忙向實驗室走去。然而，我剛走出了兩步，四周圍突然一黑。

別墅中所有的燈，全都熄滅了！

在燈光的照耀之下，花園中本來也並不能辨清楚什麼東西。如今，燈一熄，我立即為濃漆也似的黑暗所包圍！

雖然我沒有聽到任何聲響，但是我還是立即一個箭步，向旁躍開了兩碼，而且立即身形一側，就地向外，又滾出了三、四碼。

那兩個土人的呼叫聲，也在這時停了下來。

我伏在地上，仔細地傾聽着，這時候，任何細微的聲響，都難以逃得過我的耳朵，但是我卻沒有聽到任何聲響，我伏在地上，不敢動彈。

黑暗中，一直一點聲音也沒有。

也正因為一點聲音也沒有，所以我必須繼續地伏下去。

好久好久，我才聽得第一下雞唱之聲，遠遠地傳了過來。天色仍是那樣地濃黑，我仍是全身的神經都像拉緊了的弓弦一樣地伏在地上。

我不可能想像在下一秒鐘會發生什麼事，在這樣神秘而不可思議的境地中，實是什麼都可能發生的。

但是結果，卻是什麼也沒有發生。

天亮了！

由於長時間注視着黑暗，我的雙眼，十分疼痛，等到天色微明之際，我的眼睛幾乎疼得睜都睜不開來，使勁揉了揉，仔細看去，一切並沒有異樣。遠處，有稀稀落落的爆竹聲傳了過來。我自己告訴自己，今天是大年初一了。

看到了四周圍並沒有異樣，我便一躍而起，我首先傾聽一下實驗室中，那兩個侏儒一點聲響也沒有發出來。我再仔細地踱了幾步，給我發現了一個十分奇特的現象，那便是，在一叢野菊之中，有幾株枯萎了。而在枯菊上，卻有一種長約三寸，細如頭髮的尖刺留着。

我以手帕包着，將這種尖刺小心地拔了下來，一共收集了十來枚。

這種尖刺，我暫時還不能確定它究竟是什麼。但是從凡是中了尖刺的野菊，都已經枯萎這一點來看，可知這些尖刺上是含有劇毒的！

這也是我之所以以手帕裹住了，才將它們取下來的緣故。當時，我心中也知道，如果我昨天晚上，不是在燈一黑之際，立即伏在地上，並向外滾去，那麼，這些尖刺之中，可能有幾枚會射中在我的身上。

我也立即想到，如果有這樣的尖刺射中我，而我毒發身死的話，那麼。一移動我的身子，細刺自然會斷折，而我的死因也只是「離奇中毒」，真正的原因，可能永遠不為人所知了！

想到這裏，我也不禁泛起了一陣寒意，因為我絕不想步那個高級密探的後塵！

我將那些尖刺小心包好，放入衣袋中，然後，我仍然保持着小心的警戒，走進了大廳中。我向電燈開關看去，不出我所料，電燈掣仍然向下，也就是說，昨晚大廳中燈光的驟然熄滅，並不是經過這個掣，而是由總掣下手的。我在大廳中逗留了片刻，主要是想看看，可有他人來過而留下來的痕迹。

但因為我對這裏本就十分陌生，所以也是一無所得。

我又向樓上走去，推開了昨晚我曾經仔細搜查過的那房間的房門。那時太陽已經升起了。

昨天晚上，雖然霧那麼濃，但今天卻是一個不折不扣的艷陽天。陽光從窗中照了進來，室內的一切，還是那樣地凌亂。

我走到牀邊，掀起枕頭，想將那疊文件，取到手中再說，但是，當我一掀起枕頭的時候，昨晚我放在枕頭底下的那一隻文件夾，卻已經不在了！

我用不着再到其他地方去找，因為我記得十分清楚，昨晚，我就是因為想到這一疊文件十分重要，所以才放在枕頭下，準備枕着它來睡以防遺失的，如今既然不在，當然是被人盜走了。

我定了定神，又自嘲地聳了聳肩。

事情的真相如何，我一無所知。我的敵人是何等樣人，我更是茫無頭緒，但是我卻已經在第一個回合之中失敗了。這失敗，也可能是致命的失敗，因為那疊文件，毫無疑問，是張小龍失蹤之前所唯一留下來的東西，在其中仔細推敲，只怕便可以找出張小龍的下落來。

但如今，這最主要的線索卻斷了。

我心中不禁埋怨自己為什麼如此大意，在離開了這間房間的時候，竟會不將這疊文件帶走。但是我立即又原諒了自己，當時，在見到窗外有那麼奇異現象的時候，只怕再細心的人，也會急不及待去追尋究竟，而不再顧及其他的。

而且，如今我也不是完全失望，我至少有一個辦法，可以得到昨晚熄去總掣那個人的線索。因為電燈總掣，一般是輕易不會有人去碰它的，上面也必定積有灰塵，昨晚若有人動過總掣的話，要在上面發現些指紋，那是十分容易的事情！

當時，我的心情十分沉重，雖然別墅之中，除我以外，並沒有第二個人，但是我自己也不願向自己認輸，所以故意吹着口哨，裝着十分輕鬆，隨着電線找到了電燈總掣。

然而，在電燈總掣之前，我卻又不禁呆了半晌！不錯，燈掣上積滿了灰塵，但灰塵十分均勻，像是根本沒有人碰過燈掣一樣。

我用手推了一推，「啪」的一聲過後，回頭看時，大廳上的燈光，又復明亮。而總掣上也出現了指紋，只不過，那是我的指紋！

我又故作輕鬆地吹了吹口哨，事實上，我的心情更沉重了。我甚至不能決定，我是應該回市區去，還是繼續留在這裏。

我在大廳中停了片刻，又在廚房的冰箱中找了一些食物咀嚼着，我踱步到荒蕪的花園中，即使是在陽光照耀之下，生滿了爬山虎的古老大屋，看來仍給人十分陰森的感覺。

正當我在仔細觀賞之際，一陣汽車聲傳了過來。我回頭看去，駛來的是一輛銀灰色的跑車，從車中一躍而出的則是張小娟。

張小娟向我直視着，走上石級來，她的目光十分凌厲，反倒使我有點不好意思直視着她。

她直來到我的面前，才停了下來，又向我望了一會，才道：「先生，我很佩服你的膽量。」我也由衷地道：「小姐，昨天晚上，當我只有一個人在這裏的時候，我更佩服你的膽量，而且自愧不如！」

張小娟聽了，居然對我一笑，道：「這種恭維，不是太過分了麼？」

我已經看出她今天對我的態度和昨天晚上，已經有了顯著的不同。

我可以想到，昨天晚上，她一定不知我的來歷，以為我是鑽她父親財產的念頭而來的。

當然，張小娟已經花了一晚的時間在讀有關我的記載，已經知道我是什麼人。

老實說，要找張小龍，張小娟的合作十分重要。

那不僅因為他們是姊弟，而且是孿生姊弟！

在孿生子之間，常常有一種十分異特的心靈相通的現象，一對孿生子在學校就讀，即使分室考試，答案也完全相同的例子，已經是很平常的事情了。

而就算張小娟和張小龍之間，並沒有這種超科學的能力，那麼張小龍與姊姊多接近，張小娟可以多知道她弟弟的事，也是必然的事。

所以，我決定要取得這位高傲的小姐歡心，以便事情進行得順利些。

當下，我笑了一下，道：「我相信我沒有理由要來過分地恭維你，你對我是不友好的，我盡可以胡謅地說你膽小如鼠！」

張小娟又笑了一下，道：「算你會說話，你回市區去進行你的工作吧！」

我搓了搓手，道：「張小姐，我想請你——」

她立即警惕地望着我，道：「我不接受任何邀請。」

我攤了攤手，道：「即使是在這樣美好的早晨，到鄉間去散散步，也不肯麼？」

張小娟笑了起來，道：「散步是我的習慣，但你的目的，似乎不止為了要和我散步？」

我立即坦率地道：「不錯，我還有許多話要問你。」

張小娟道：「你肯定我會與你合作麼？」

我立即道：「張小姐，事情對我本身，並沒有好處，我只不過想知道一下的是，我的敵人究竟是何等樣的人物罷了。」張小娟忽然笑了起來，道：「敵人？」

我道：「是的，敵人，你的、你弟弟的和我的敵人。」

張小娟笑得更是起勁，道：「敵人！敵人！衛先生，我怕是你的生活太緊張了，所以時時刻刻在想着有無數敵人在包圍着你！」

我不禁一怔，道：「張小姐，你這話是什麼意思？」張小娟轉過身，向大廳走去，顯然她已經不打算繼續和我交談下去，一面走。一面道：「我可以告訴你的是，在這件事上，根本沒有什麼敵人！」

我聽了之後，更是大為愕然！

我實是猜不透張小娟如此說法的用意何在，我立即提高聲音：「不，有，而且是極其可怕的敵人！」

張小娟倏地轉過身來，面上已恢復了那種冷漠的神態，道：「你故作驚人之詞，有什麼證據？」

我伸手從袋中取出用手帕包住的那十幾枚細刺來，放在高階上，道：「你來看，昨天晚上，我差一點就被這種刺刺中！」

張小娟冷冷地望了一眼，道：「這算什麼？」我道：「還有，昨天，我從你弟弟實驗室中，取出來的一疊文件，被人盜走了，而且，我還看到了妖火！」

我一路說，張小娟的面上，一路現出不屑的神色，像是不願聽下去，直到我最後說出了「妖火」兩字，她才聳然動容，道：「你也見到了？那麼說，我並不是眼花了？」

我立即道：「當然不是，你見過幾次？」

張小娟道：「一次——」她說到這裏，突然一聲冷笑，道：「衛先生，我相信這一定是一種奇異的自然現象，不值得大驚小怪的！」

我也老實不客氣地回嘴道：「你以為這裏是北極，會有北極光麼？還是這裏是高壓電站，才會有異樣的火花出現？」

張小娟對於「高壓電站有異樣的火花出現」一語，顯然不甚了了。這也是難怪她的，她又怎知在晚上，高壓電線的周圍，常會迸現紫色的火花，又怎知飛鳥在飛過高壓電線附近的時候，也會落下來這等事？

當下，她呆了一呆，但是卻仍然固執地道：「沒有敵人，沒有什麼人是敵人。」我憤然道：「那你又何所據而云呢？」

我自以為我的問話，一定可以令得張小娟啞口無言，怎知張小娟一聲冷笑，道：「我自然知道，我雖然不知道我弟弟在什麼地方，但是我卻知道他如今正平安無事，而且心境十分愉快。」

我聽到這裏，心中不禁猛地一動！

張小娟說得如此肯定，那表示她和張小龍之間，正是有着心靈相通的不可思議現象的存在！我正準備再進一步地發問，但是張小娟講到這裏，突然停了下來，霎時之間，她面色變得極其蒼白！

老實說，我從來也未曾見過一個人的面色，蒼白到這一地步的，她的嘴唇，也變成灰白色了，而雙眼則愣愣地望着遠方。

我循她所望看去，卻又一無所見，我心中也不禁大是恐慌，道：「張小姐，你不舒服麼？」

張小娟急速地喘着氣，雙手捧着胸口，她並不回答我，但身子卻搖搖欲墜，我連忙踏前一步，將她扶住，她立即緊緊地閉上了眼睛。

我心中奇怪之極，暗忖這美麗的女郎，難道竟患有羊癇症？在她受了特別的刺激之際，便自發作？然而，她這時又受了什麼刺激呢？

我心中沒了主意，只得先將她扶住，向大廳之中走去，將她放在沙發之上，又連聲向她發問，問她可有什麼地方不舒服。

但是張小娟卻只是面色慘白，身子微微發抖，並不理會我，好一會，才聽得她道：「請……給我……一杯白蘭地……」

我答應了一聲，連忙到酒櫃中去倒了一杯白蘭地，我一面倒酒，一面看她，我的視線，始終未曾離開過她。只見她雙眉緊蹙，面上現出了一種奇異的神色。像是她想到了什麼不祥的事一樣。

直到她喝下一滿杯白蘭地之後，她的面頰之上，才出現了一絲紅色，我在她身旁坐了下來，道：「張小姐，你……一直有這種病？」

我望着她仍然十分蒼白的臉色，和那不健康的、帶有夢幻似的眼神，心中不禁暗忖：你何必否認自己是有着這種突發的病呢？

正當我在這樣想的時候，張小娟向我苦笑了一下，道：「你一定以為我是在替自己掩飾了？但事實上，的確絕不是病！」

我心中大是起疑，道：「那麼，這是什麼？」

張小娟沉默了片刻，像是在設想着應該怎樣措詞才好，停了片刻，她才道：「你可知道，兩個人之間的心靈感應？」

我心中猛地一動，立即道：「那麼，你是說，你忽然感到你的弟弟，有什麼意外了麼？」

張小娟並不出聲，只是緊蹙雙眉地點了點頭。

我忙道：「張小姐，請你詳細一點解釋。」

張小娟又沉默了片刻，看她的面色，像是正在深思着什麼問題，又過了大約五分鐘的時間，她才道：「我和弟弟之間，就存在着這種不可思議的心靈感應現象。」

我道：「那並不算什麼出奇，許多孿生子之間，都會有這種現象的，有的孿生姐妹，一個因車禍而斷了手臂，另一個的手臂也會劇痛而癱瘓。」

張小娟道：「我知道，正因為我和弟弟之間，有着心靈感應的現象，所以我對世界上這種例子，注意得多。」

我道：「好，那麼，如今你覺得你的弟弟，是出了什麼事？」

張小娟道：「他出了什麼事，我沒有法子知道，但是，我卻可以知道。他一定遭遇到極大的痛苦，因在我的心中，突然之間，也感到了極度的痛苦。」

我想了一想，道：「那麼，你弟弟在什麼地方，你可能感覺到麼？」

張小娟苦笑了起來，道：「心靈感應是一種十分微妙的事情，又不是無線電指示燈，怎麼可能讓我知道我的弟弟的所在？」

我原也知道我的問話太天真了，所以張小娟的回答，也不使我失望，我站了起來，道：「那麼，照這樣來說，我們的敵人，在囚禁了你弟弟三年之後，忽然對你弟弟施以嚴厲的手段了！」

張小娟本來，是不承認在她的弟弟失蹤事件中有着什麼敵人的。那自然是因為她的心靈之中，一直未有什麼警兆之故。但經過剛才那一來，她卻已承認了我的說法，當時，她神經質地道：「不知道他們是什麼人？又不知道他們在怎樣對付他？」

我抓緊了這一機會，道：「張小姐，要你弟弟早日脱難，你就必須和我合作！」

張小娟點頭道：「衛先生，你放心，我一定竭我所能，不會不合作的。」

我心中也十分高興，因為我一直覺得張小娟的合作與否，是能否尋找出事實真相的一個重要關鍵。

我想了一想，又問道：「那麼，你以前有沒有像剛才那樣的感覺？」

張小娟道：「有的，第一次，是在我十七歲那年，也是這樣突如其來，心中感到了極度的痛苦，事後，我才知道，弟弟因為他所愛的一個女孩子離他而去，當時難過得想在校園中自殺！」

我感到問題十分嚴重，忙問道：「有沒有第二次？」

張小姐道：「有，那是五年之前，弟弟從美國回來之前的兩個月，我突然有了同樣的感覺，當時，我真嚇壞了，以為弟弟出了什麼亂子，我瞞着爸爸，打電話到他的學校中去找他——」

我急不及待地問道：「結果怎麼樣？」

張小娟道：「結果，他在電話中告訴我，他發現了生物學上的一種新的理論，但是，全體教授，卻不給他這種新理論予任何的支持，反倒嘲笑他是個狂人，所以他精神十分痛苦。」

張小娟望着我，她的眼光在詢問我有什麼意見。一時間，我心中十分紊亂，也難以回答她這種無言的相詢。

她繼續道：「那件事發生後不到兩個月，他就回來了，他本來再過半年，便可以拿到博士的頭銜了，但他卻放棄了博士的虛銜，因為他堅持他自己所創的新理論，並要加以實驗證明。事實上，他是在那天和我通了長途電話之後，立即離開學校的！」

我道：「那麼，這兩個月，他在何處？」

張小娟道：「他到南美去了，最後，他是從巴拿馬搭輪船回來的。」

我吸了一口氣，因為我覺得我已摸到事情的核心，而如今，我要向張小娟問的那個問題，如果張小娟能給我詳細的答覆的話，那麼至少，我已可以弄清事情的起端是什麼了！

我問道：「張小姐，那麼，你弟弟創立的生物學上的新理論，究竟是什麼？」

張小娟十分沮喪地搖了搖頭，道：「我不知道，我沒有問過他，因為我完全不懂生物學，我是學音樂的。我只知道他為了實踐證實他自己的新理論，無日無夜地躲在那間實驗室中，不斷地用錢，但是他自己卻連一雙新的襪子也沒有，他不剃頭，不剃鬚，幾乎是個大野人，我們見面的機會也是很少的。」

我苦笑道：「古今往來，偉大的科學家，大都是這樣的。」

張小娟「噢」的一聲，道：「我想起來了，有一次，他曾十分高興地對我說，如果他的實驗工作，能夠證明他的理論是正確的話，那麼，他將成為有人類歷史以來，最偉大的科學家，他的名字，將被千千萬萬年以後的人類所景仰！」

我聽了之後，心中不禁暗暗吃驚。

從人們的敘述中看來，張小龍是一個埋頭科學，十分內向性格的人，絕不會自大自妄，來誇張其談的。

第五部

科學上的重大發現

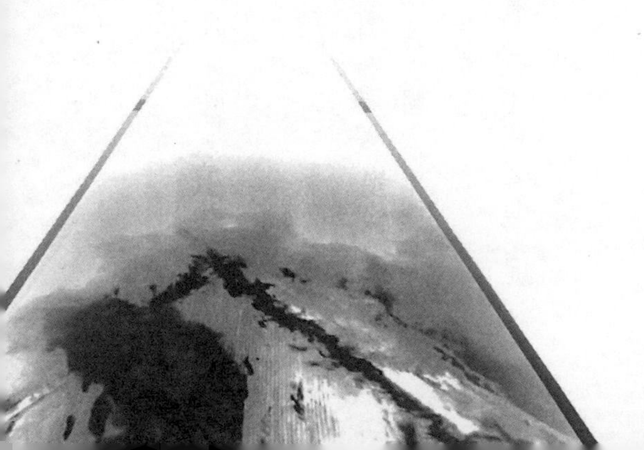

那麼，難道張小龍對他姊姊所說的那一切，都是實在的情形？

他究竟是發現了一些什麼理論，才能夠令得他有這樣的自信呢？他的失蹤，是不是因為他在科學上的新發現所引起的呢？

種種的問題，在我腦中盤縈不去，但是我卻並沒有頭緒。

我只是想到一點，要知道張小龍新理論的內容，並不是什麼難事，因為，張小龍在學校中既然曾將他的新理論向教授提出過，那麼，到美國去，向那幾位教授一問，就可以知道了。

從這一點上着手，或者可以知道張小龍失蹤的內幕？看來，美國之行，是難以避免的了。

但是，留在這裏，也不是沒有作用的。

因為就在這間別墅之中，或是在這間別墅的附近，便藏有十分兇頑的敵人——昨晚幾乎使我死去的敵人！

我在大廳之中，來回踱了片刻，只見張小娟的面色，已漸漸地緩了過來，我忙着道：「張小姐，你必須離開這裏，因為這裏對你，太不安全了。」

張小娟道：「不行，我要照顧那兩個土人。」

我心中一動，暗忖在於張小龍失蹤之後的三年間，張小娟一直在照顧着這兩個紅種人，那麼，她是不是已經學會了他們的語言呢？

張小娟是十分聰明的小姑娘，她不等我發問，已經在我的面上，看出了我的疑問，道：「那兩個人，是弟弟從南美洲帶回來的，他們原來，生活在洪都拉斯南部的原始森林之中，是特瓦族人，他們奉信的神是大力神，叫作『特武華』，我也不知道弟弟用了那麼多心血，將他們帶了來，是為了什麼緣故。」

我至少又弄明白了一個問題。

那便是，當我一手將一張椅子，抓成粉碎的時候，那兩個土人曾高叫「特武華」，那原來就是他們崇拜的神的名字。

我道：「那麼，你弟弟是如何失蹤的？他們難道一點概念也沒有麼？」

張小娟道：「沒有，他們的語言十分簡單，語彙也缺乏得很，稍為複雜一些的事情，他們便不能表達了。」

我點了點頭。道：「當然，我們不希望能在這兩個土人的身上得到什麼，但是另一件事，實驗室中的那……一頭黑色的，究竟是什麼動物？」

那黑色的，我當然知道是一頭美洲豹。

但是一頭吃草的美洲豹，那卻是不可能想像的事！

張小娟道：「那是一頭美洲豹，也是我弟弟實驗室中最主要的東西。」我立即問道：「為什麼？」張小娟卻攤了攤手，道：「我也不知道。」

我道：「好了，你所謂照顧那兩個土人。無非是當那兩個特瓦族人，想出來實驗室的時候，你便為他們開門而已，這些事，由我來做。」

張小娟睜大了眼睛，道：「你準備留在這裏？」

我點頭道：「不錯，如果在這裏，我得不到結果的話，我還準備遠渡重洋，到你弟弟就讀的大學去，查探其中究竟呢。」

張小娟望了我半晌，道：「你為什麼……肯那樣地出力？」

我一笑，道：「我在覬覦你父親的錢！」

張小娟面色一變，她以為我是在諷刺她了，因此我連忙道：「你別誤會，令尊的錢實在太多了，我希望如果我能將人找回來，他便能將他龐大的財產，撥出一部分來，做些好事。」

張小娟點了點頭，道：「那麼，你一個人在這裏，不危險麼？」

我道：「不危險，你放心好了。」

事實上，我也的確不是空言慰藉張小娟，我在將整件事，仔細地想了一想之後，已經覺得三年來，敵人可能一直在這所別墅的附近窺伺着，當然他們是必有所圖的。

而如今，只怕他們已遠走高飛了。那是因為他們所追求的東西，可能已經得到了，那東西十之八九便是我失去的那疊文件。

科學上的巨大發明，往往是導致國際上間諜戰的主因，我參預了這件事，莫非已經捲入了這樣一種可怕鬥爭的漩渦了麼？

我寧願不是！因為最不道義、最滅絕人性的鬥爭，便是國際間諜鬥爭！

張小娟道：「那麼，我回市區去了。」

我道：「自然。愈快愈好，而且沒有事情，最好不要再來。」張小娟向門外走去，頻頻回頭，向我望來，我目送她上車而去之後，便走到了張海龍的書房中，在他的大辦公椅上，半躺半坐地休息着。

我人雖然坐着不動，但是我腦中卻是殫智竭力地在思索着。思索的，當然是這件撲朔迷離的事情的來龍和去脈。

然而，我只能得出如下的概念：

張小龍在科學上，有了重大的發現，而他的理論，在世人的眼中，是狂妄的。他花費了巨額的金錢，去實踐他的理論，但結果他卻失蹤了。

他失蹤了雖有三年之久，但可能一直平安無事，直到最近才有了變化。

我所能得出的概念，就是這一點。至於張小龍的新理論是什麼，他為什麼會失蹤，導致他失蹤的是一些什麼人，我卻一點不知道。

至於昨天晚上，我們看到的那神奇的「妖火」、那些我以為是含有劇毒的尖刺、突然熄滅的電燈等怪事，我更是無法解釋。

我發現我自己，猶如進入了一間蒸氣室中一樣，四周圍全是蒸氣，令你雙目失去了作用，而當你張開雙臂摸索之際，你也是什麼都難以發現！

我一直想，到了午夜開始有了睡意。

正當我準備離開這間寬大的書房之際，突然，桌上的一隻電鈴，響了起來。

那電鈴的響聲，雖然並不算十分高，但是在這樣沉寂的黑夜中，卻也可以將人嚇上一跳，我在刹那之間，幾乎記不起發生了什麼。

然而，當鈴聲第二響時，我便記起，那是這兩個特瓦族人發來的信號，他們要求離開實驗室！我一手抓起桌上的鎖匙，一躍而起，便向門外奔去。

然而，我才一奔出書房門口，便聽得在後園，實驗室的那面，傳來了一聲慘叫，緊接着便是兩下十分憤怒的怪叫聲。

我立即意識到事情的不平凡，我幾乎是從二樓，一躍而下，又幾乎是撞出了後門。

然而，當我來到後園，向前一看時，只見實驗室的大門，已經被打開了，在裝着鎖的地方，已遭到了破壞，而在地上，一個人正在打滾，他一面打滾，一面發出極其痛苦的呻吟聲來！

他的呻吟聲愈來愈低微，而打滾的動作，也漸漸慢了下來。

我雖然未曾看到那人的臉孔，但是我下意識地感到，這人已快要死了。

我一個箭步，向那人躍了過去。

也就在我剛趕到了那人身旁的時候，我聽得遠遠地傳來豹吼之聲。

我連忙循聲極目望去，在黑暗之中，依稀可以看到，在四十碼開外，兩條矮小的人影，和一頭黑豹的身影，向前迅速掠出，一閃不見。我看到的影子，是如此地模糊，而又消失得如此快疾，因此使我疑心，那是不是我聽到了豹吼之後所產生的幻覺！

我呆了片刻，再俯身來看我腳下的那個人。

我立即看出這是一個白種人，他留着金黃色的虯髯，身形十分高大，他的藍色的眼珠，正睜得老大，帶着極其恐怖的神色望着我，而口中發出「荷荷」的聲音，口角已有涎沫流出。

我連忙道：「你是什麼人快說？快說！」

我用的是英語，但那人卻以西班牙文呻吟道：「醫生……快叫……醫生……」

我一俯身，想將他扶了起來，但是他卻又以英語大叫道：「別碰我！」同時，身子向外，滾了開去。

我發現這人的神智，已陷入半昏迷的狀態之中。西班牙語可能是他原來常用的語言，那也是說他可能來自南美洲，所以，他剛才一見到身旁有人時，才會這樣地叫嚷，但是他卻又立即發現我是陌生人，所以又以英語呼喝，叫我不要理他。

我向前跳出了一步，只見他面上的肌肉，更因為痛苦而扭曲起來。

我心知這人的性命，危在頃刻，即使立即有醫生來到，也難以挽救他的性命，在這樣的情形下，我準備使用中國的「穴道刺激法」，使他的神智清醒些，能夠道出他的遭遇。

然而，我才一俯身，還未能出手之際，只聽得那人一聲狂叫，聲音恐怖而淒厲，然後，身子猛地一挺，便已然僵直不動！

我俯身看去，只見他的眼珠，幾乎突出眼眶，嘴唇上全是血迹，可知他死前的痛苦，是如何地劇烈。我心中暗嘆了一口氣，這個白種人，突然在這裏出現，而且，顯然，實驗室的門，是由他破壞的，那麼，他和這件事情，多少有點關係，也應該是茫無頭緒中的唯一線索。

然而，他卻死了，唯一的線索也斷了。

我向他的屍體，看了一會，在那片刻間，我已經想好了對策，我不能任這具屍體躺在這裏，我必須將他移走。

因為，任由屍體在這裏的話，我一定不能報告警方，而一報告了警方，不但張海龍對我的委託，我不能成事，而且我還會惹上極大的麻煩，對於我以後的工作，也會有極大的妨礙！

我首先走進了實驗室，仔細看了一看，只見實驗室中，所有被乾製了的貓、狗、雞等都已經不見了，那兩個特瓦族人，和那頭黑豹，當然也已不在。除此以外，卻並沒有什麼變化。

我猜想那白種人，是死在那兩個特瓦族人之手的，可能那兩個特瓦族人，攜帶了一切正準備離去，他們按了鈴，在門口等着，那白種人大約早已在從事他破壞門鎖的工作了，事有湊巧，白種人一進門，特瓦土人便衝了出來，土人立即展開襲擊，那白種人自然難以倖免！

我出了實驗室。俯身在那白種人的屍身之旁，在他的衣袋中摸索着，不到五分鐘，我便得到了以下的幾件東西：一隻鱷魚皮包、一本記事本、一串鑰匙、一把搖鑽和一把老虎鉗。最後兩樣，顯然是那人用來破壞實驗室的門鎖之用的，所以我順手將之棄去。而將皮包、記事本、鑰匙放入了衣袋。

出乎我意料之外，這白種人身上，居然沒有武器。而更令我驚訝的是我根本沒有在他的身上，發現任何足以致命的傷痕！

那白種人，體重至少在九十公斤上下，要令得他那樣的壯漢斃命，實在不是容易的事情，但是他如今卻毫無傷痕地倒斃在地了！

我提起了他的屍體，向外走去，一直走出了老遠，才將他拋在路旁，然後，在回路上，我小心地消滅着我的足印，回到了別墅之後，我又將實驗室的門虛掩了，又回到了張海龍的書房中。

我打開了皮包，裏面有幾十元美金，還有一片白紙，那片白紙，一看便知道，是從一張報紙的邊上撕下來的，上面用中英文寫着一個地址和一個人名：「頓士潑道六十九號五樓，楊天復，英文名字則是羅勃楊。」

我並不知道楊天復或羅勃楊是什麼人，但是我卻非常高興，因為這個地址和這個姓名，在眼前來說，可能不能給我什麼，但或則在我的努力之下，可以憑此而揭開事實的真相！

我小心地收起了這張草草寫就的字條，又打開了記事本，記事本的絕大部分都是空白，只有兩頁上面有着文字，一頁上寫的是兩個電話號碼——那兩個電話號碼，後來我一出市區，便曾經去打聽過，原來是兩個色情場所的電話。

而在另一頁上，則密密麻麻地寫着許多西班牙文，我要用放大鏡，才能看得清楚，只見上面寫的是：「羅勃，聽說他們已經得到了一切，那不可能，我決定放棄了，你一切要小心，如果有意外，你絕不可以出聲，絕不可以！絕不可以！」

這是一封在十分草率的情形之下所寫成的信，而這一頁，也被撕下了一半，不知道是什麼原因，這封信竟沒有被送出去。

而我也可以猜得到，應該接受那封信的「羅勃」，一定是頓士潑道六十九號五樓的那位羅勃楊先生！

我不但是高興，而且十分滿意了！

我準備明天便出市區去，我要到頓士潑道六十九樓五樓那個地方去找那個羅勃楊。

我決定先找那個羅勃楊，然後逐漸剝開這件神秘事情的真相。我又擬了一個電報，給我遠在美國的表妹紅紅，電文是：「請至密西西比州州立大學，查問一個叫張小龍的中國學生，在畢業論文中，曾提出什麼大膽的新理論，速覆。」

我知道紅紅一定喜歡這個差事的。

將電文、記事本和鑰匙等全部放好之後，我便在那張可以斜臥的椅子上躺了下來。我對於今晚的收穫，已感到十分滿意，因此我竟沒有想到追尋那兩個特瓦族人的下落。

我在椅上躺上了沒有多久，已經是陽光滿室了，我不知是誰在打門，先從窗口，向下望去，只見是兩個警察和兩條警犬！

我心中吃了一驚，因為我昨晚，雖然曾小心地消滅了足迹，但是我卻沒有法子消滅氣味，不令警犬追蹤到這裏來。

我在窗口中，大聲地道：「請你們等一等！」

那兩個警官抬起頭來，十分有禮貌地道：「一早就來麻煩你，十分不好意思。」

我趁機道：「我生性十分怕狗，你們能不能將兩頭警犬拉開些？」

一個警官道：「當然可以，當然可以。」

我要他們將警犬牽開，當然是有原因的。警官會來到這裏，那自然是因為在發現了那人的屍體之後，由警犬帶領而來的；而我的氣味，警犬一定也深有印象，如果警犬接近了我，那一定會狂吠起來，令得警官大大地生疑的！

我看到其中一位警官將犬拉開，我才下樓開了門，一開門，我就道：「張先生不在，我是他的朋友，ＸＸ公司的董事長，姓衛，你們找他有什麼事？」

我一面說，一面遞過了我的名片。

那位警官向我的名片望了一眼，道：「沒有什麼，我們在離此不遠的路邊，發現了一具屍體，而警犬在嗅了屍體之後，便一直帶我們來到這裏……」

我「啊」的一聲，道：「昨天晚上，我像是聽到屋後有聲音，但因為我只是一個人，所以不敢出去看，死的是什麼人，是小偷麼？」

那警官道：「死者的身分，我們還不知道，可能他在死前，曾到過這裏，如果你發現有生人來過的迹象，請隨時與我們聯絡。」

我忙道：「好！好！」

那警官顯然因為張海龍的關係，所以對我也十分客氣，在講不了幾句話之後，就起身告辭，我送他到了門口，他回過身來，道：「衛先生，你一個人在這裏，出入要當心一點才好，根據鄉民的報告，昨天晚上有虎吼聲，可能山林之間藏有猛獸！」

我自然知道，那所謂「虎吼之聲」，就是那頭美洲黑豹所發出來的。

我當時只是順口答應，那警官離去之後，我也迅速地離開了這間別墅。

我來的時候，是張海龍送我來的，所以當我離去之際，我只好步行到公車站。

好不容易到了家中，老蔡一開門，劈頭便道：「白姑娘等了你一夜，你上哪裏去了？」

我道：「白姑娘呢？」老蔡道：「她走了，她有一封信留給你。」

我接過老蔡遞給我由白素所寫留交給我的信，打了開來，只見上面寥寥幾行，道：「理，我與爹忽有歐洲之行，詳情歸後再談，多則半年，少則三月，莫念。」

白素的信令我感到十分意外。

因為，我和她約好共度歲晚的。如今不過年初二，她和她的父親，卻忽然有歐洲之行了，白老大和白素，都不是臨事倉卒、毫無計劃的人，他們忽然到歐洲去，顯然有着重大的原因。

但是老蔡卻不知道他們為什麼要去，而我實在也不能去花費心思推究這件事，因為我本身已經被那件奇怪的事纏住了，實無餘力再去理會別的事情了。

當下，我順手將白素留給我的信放在書桌上，將十來枚細刺，小心地放在一隻牛皮紙信封之中，令老蔡送到一家我熟悉的化驗室中去化驗，跟着去拍發給紅紅的電報。然後，我和一位朋友通電話，那位朋友是一家高等學府的生物系講師，我向他打聽，這兩年來，可有什麼特異的生物學上的發現。結果，我卻並沒有得到什麼新的線索。

我又和一個傑出的私家偵探朋友黃彼得通了電話，委託他調查在三年之前，當張小龍還沒有失蹤的時候，他所支出的巨額金錢，是用在什麼地方的。

這當然是一件極其困難的工作，但是黃彼得卻十分有信心，說是在五天之內，就可以給我回音。

我聽了黃彼得肯定的答覆之後，心情才略為舒暢了些。因為在明白了張小龍將那麼多錢花在什麼地方之後，那麼對他在從事的研究工作，究竟是什麼性質，多少可以有些眉目了！

我信得過黃彼得，因此我將事情的經過，全和黃彼得說了，他表示可以全力助我，所以我心中，對於弄清事實真相這一點，又增加了不少信心。

我在洗了一個熱水浴後，又睡了一覺，在傍晚時分醒來，我精神一振。下一步，自然是到頓士潑道，去見一見那位將地址姓名留在那神秘死去的白種人身上的那位先生。

我穿好了衣服，走出臥室，只見老蔡站在門口，面上的神色，十分難看。

我並沒有十分注意他面上那種尷尬的神情，只是隨口問道：「電報發出去了麼？」

老蔡連忙道：「已發出去了。」

我又問道：「化驗室呢，他們說什麼時候可以給我回音？」老蔡口唇顫動道：「理哥兒，我……當真是老糊塗了……」

我不禁一愣，道：「什麼意思？」

老蔡面孔漲得通紅，道：「我出門後不久，轉過街角，見到有兩個外國人在打架，我……去湊熱鬧看……只看了一會，你給我的那隻信封，便被人偷去了！」

我心中猛地一凜，道：「你說什麼，那放着十來枚尖刺的信封，給人偷去了？」

老蔡的面色，更是十分內疚，道：「是……我連覺也沒有覺察到，到了化驗室門前，一摸口袋，已經沒有了，我立刻回來，你睡着了，我不敢打擾你，一直在門口等着，我想，總是在看熱鬧的時候被人偷去的。」

老蔡的確是上了年紀了，上了年紀的人，都有他們的通病，那就是敘述起一件事來，次序顛倒，要你用許多心思，才能聽得明白。

我那時，根本來不及責怪老蔡，因為那十幾枚細刺的失竊，絕不是一件平常的事。

如果，竊去那十幾枚細刺的，是我還未曾與之正面相對，但已吃了他們幾次大虧的敵人，那就證明敵人的手段十分高強。

但如果那十來枚尖刺，是被一個普通小偷偷去的話，那麼這個小偷，可能因此喪生！因為我堅信，在尖刺上會有劇毒！

我立即又道：「你身邊還少了什麼？」

老禁道：「沒有，我身邊有兩百多元錢，卻是一個子兒不少！」

我點了點頭，道：「行了，你不必大驚小怪，那些尖刺沒有多大用處。」

老蔡如釋重負，道：「原來沒有多大用處，倒叫我嚇了半天！」

我心中不禁苦笑，暗忖你老蔡知道什麼？那些毒刺，可能便是一個極重要的關鍵，因為我那個主持化驗室的朋友，是專攻毒物學的，他對於各地蠻荒民族的毒藥，尤有極深的研究。

如果那十幾枚毒刺，可以送達他手中的話，那麼他一定可以鑑別出這些毒刺，是來自什麼地方，那時弄明事情的真相，也是大有幫助！

但如今，什麼都不必說了，毒刺已被敵人偷了回去，我心中在佩服敵人手段高強、料事如神、下手快捷之餘，心中也十分不服氣，再和敵人一爭高下之心，更是強烈了許多。

我一面想着，一面踱到了客廳中。

老蔡既然一轉過街角，就遇到了外國人打架，他在看熱鬧中，失去了那牛皮紙信封，由此可以想見，敵人方面，一定已經跟蹤到我的家中，在暗中監視我了。

在這樣的情形下，我如果就這樣出去的話，那實在是十分不合算的事。

我想了片刻，回到了書房中，打開了一隻十分精緻的皮箱。皮箱中，放着十二張尼龍纖維精製的面具。那些皮具薄得如同蟬翼一樣，罩在人的面上，簡直一點也看不出來，但是面具的顏色和原來的膚色相混，卻可以形成截然不同的膚色，有一張面具是化裝醉漢用，甚至連眼珠的顏色，也可以變換。

這十二張面具，即使拋開它們的實用價值不談，也是手工藝品之中的絕頂精品。

這時，我揀了一張五十歲以上，有着一個酒槽鼻子的面具，罩在面上，對着鏡子一看，幾乎連我也難以認得出自己來。

我又換過了一套殘舊的西裝，然後從後門走了出去。

當然，我的步法，也顯得十分不俐落，十足像一個為生活重擔而壓得喘不過氣來的中年人。

我慢慢地轉到了我家的門前，有幾個孩子在放爆竹，而有一個三十歲左右的外國人，正在十分有興趣地望着這些孩子。

對於白種人，我這時變得十分敏感。因為，死在張海龍別墅中的是白種人，老蔡在失竊之餘，也曾遇到白種人在打架。

所以，我立即對那個白種人予以注意。

只見那人掛着攝影機，看來像是遊客，他不斷地照着相，拍攝着兒童放爆竹時的神態，那些兒童，則不停地笑着。

看來，似乎一點異狀也沒有，十足是新年的歡樂氣氛，但是，我看了不久之後，卻立即看出了破綻，因為，那白種人，在每拍下三張相片之後，總要舉起照相機，向我的住宅，拍上一張相片。

他相機的鏡頭，正對着我住所的陽台，當然，他是另有用意的。

我雖然看出了破綻，但是我卻不動聲色。而且，我心中也已決定，不妨等一會再到頓士潑道去，如今，不如先注意那白種人的行動，來得有用些。

沒有多久，天色黑了下來，那白種人也收起了他的相機，又向我的住所看了兩眼，便向外走去，我本來一直靠着牆角站着，一見那白種人離開，我立即跟在後面。

怎知道那白種人，十分機警，我才跟出了一條街，離得他也很遠，卻已被他發覺了，他在一個窗櫥之前，停了片刻之後，突然轉過身，向我走了過來。

他這種行動，倒也令得我在片刻之間，不知所措。

他逕自來到了我的面前，惡狠狠地瞪着我，喝道：「你想幹什麼？」

我只得道：「我……不想什麼。」

他又狠狠地道：「你在跟着我，不是麼？」

我正在窘於應付之際，忽然看到前面，有兩個外國遊客和一個與我差不多模樣的中國人，走了過來，他們一面走，那中國人不斷地在指點着商店的櫥窗。我靈機一動，忙道：「是，我是在跟蹤着你。」

那白種人面上，露出一種十分陰森的笑容，道：「是為了什麼？」

我裝着恭謹的神態，道：「我想為閣下介紹一些富有東方藝術的商品！」

我相信我當時的「表演」，一定使得我十足像是一個「帶街」。

所以，對方面上的神情，立即鬆弛了許多地喝道：「滾開！」

我真想上去給他一巴掌，但是我還是答應了一聲，向後退了開去。我退開了十來步，轉過頭去看時，那白種人已經轉過街角去了。

我呆呆地站了片刻，心中暗自叫苦。因為那人，如果是我的敵人的話，那麼，他的確是太警覺了，我自信我跟蹤的本領，絕不拙劣，但是如此容易被他發覺，卻也出乎我的意料之外。

我自然不甘心就此失去了那人的蹤迹，連忙快步趕了過去。

然而，當我轉過了街角之際，華燈初上，人來人往，哪裏還有那人的影子？

我大失所望，心中暗忖，既然出來了，那就不如就此上頓士潑道去走一遭。

我打定了主意，便向一個車站走去，然而，正當我在排隊之際，卻聽到了一陣喧嚷之聲在不遠處傳了過來。

像任何城市一樣，立即有一大團人，圍住了看熱鬧，我自然不可能知道究竟發生了什麼事，但是，我卻聽得了一陣粗魯的咒罵聲，在人圈中傳了出來，那一陣咒罵，是以西班牙文發出的，罵的語句粗魯。我對於罵人沒有興趣，但是那聲音我卻十分有興趣。

因為，那正是我剛才跟蹤不果的那個白種人！

接着我又聽得他用英語，以憤怒的聲音道：「你必須把它找回來，一定要找回來！」

我這時，也開始向人圈中擠了過去，到了人圈之旁踮起腳來。

只見那人手上，揮動着一條狹長的皮帶，那條皮帶是懸掛攝影機用的。但是在皮帶的盡頭，卻並沒有攝影機！而有兩個警察，站在他的面前。

我一見這情形，立即明白了所發生的事情！

那一定是這個人，在熙攘的人群中，失去了他的攝影機！而我在一明白這件事之後，心中不禁大喜，我立即退出了人圈，向前急急地行走着。

這一區，離我的家並不太遠，而在這一區活躍的扒手小偷、阿飛流氓，我幾乎全都認識。我更知道這一區的扒手集中處，如今，我正是向那處而去！

我轉入了一條十分污穢的街道，在一幢舊樓的門口，略停了一停，然後向並沒有樓梯燈、黑暗無比的木樓梯上走去。

那樓梯才一踏了上去，便發出「咯吱」、「咯吱」的怪叫聲，而身臨其境，也根本不信這會是在這個高度文明的都市中應有的地方。

我才踏上了三節，便聽得上面，突然傳來了陰陽怪氣的一聲，道：「什麼人？找什麼人？」

那一問，突如其來，若是膽小的人，真會嚇上一大跳，說不定立即嚇得從陡直的樓梯之上滾了下去！我自然不會怕，因為那陰陽怪氣的聲音，我並不是第一次聽到的，我忙道：「是阿曉麼？我是衛斯理。」

阿曉是一個吸毒者，他是在這個賊窟中，司守望之責。木梯一響，他便發問，不要說他的聲音駭人，如果有電筒照到他那一副尊容的話，那更可以令人退避三舍。他的面容，十足十是武俠小說中的「XX老魔」、「XX老怪」一類……

我的話一出口，他立即道：「衛先生，久違了，久違了！」

阿曉據說原來是知識分子，所以出言十分文雅，我一面向上走去，在經過他身邊的時候，順手塞了一張十元紙幣在他手中，道：「施興在麼？」

阿曉一把抓緊了鈔票，講話也有神了許多，道：「在！在！」

我又跳上了兩級木梯，來到了一扇門前。

只聽得裏面傳出了一陣女子的縱笑聲，道：「我只不過扭了幾下，那洋鬼子就眼發光了！」另一個男子聲音道：「這時候，只怕將他的褲子剝了下來，他也不知道哩。」

第六部

失手被擒

我伸手在門上，敲了三下，門上打開了一個小洞，一張十分年輕，也不失為美麗，但是那種第八流的化妝，看上去卻極其令人不舒服，再加上廉價香水的刺鼻味道，令得她成為一個十足的「飛女」的臉龐，在小洞處露了出來，滿含敵意地望着我。

我知道在這種地方，絕對不用對女性講究禮貌，因此我立即道：「施興在麼？」裏面已有幾個人齊聲在喝問什麼事，又有一個人從小洞處向外張望。我除下了臉上的面罩，從小洞處露出來的那陰陽怪氣的臉，正是施興，他一看到了我，立即打開了門來。

他對我如此恭敬的原因，是因為好幾次。他幾乎入獄，都是我保他出來的緣故。我絕不是與賊為伍，而是想到，像施興那樣的人，原來是很有才能的一個銀行職員，可以安安穩穩地過上一世的。但是，卻為他貪污的上司所陷害，以致坐了幾年的牢，他的遭遇，是十分值得人的同情之故。

我一腳踏了進去，裏面的烏煙瘴氣，簡直不是文字所能形容，而我一眼便看到了一張滿是油膩的桌子上，放着一隻連皮袋，但是卻沒有了皮帶的相機，我幾乎是一個箭步，竄到了桌邊，指着那相機道：「這是誰下的手？」

屋中的幾個人，除了那個飛女以外，都面上失色。

施興走上來，道：「衞先生，這相機……」

我搖了搖手，道：「不必多說了，是誰下的手，我也不會叫他白辛苦——」我一面說，一面取出了一張鈔票，放在桌上，道：「這相機我帶走了。」

施興連忙道：「行！行！你何必再出錢？」

我笑了一笑，提起相機來就走。可是那個飛女卻叉着腰，以她那種年齡絕不應該有的姿勢，因此她也以令人作嘔的風騷態度，攔住了我的去路。

我一伸手，將她推開了幾步，自顧自地出了門，向樓梯走去。

走不幾級，又聽得阿曉的怪聲，道：「小心走！」我明知阿曉在，可是仍不免又給他嚇了一跳！

我將那隻相機，挾在脅下，走了幾條街，向身後看看，已經看到絕對沒有人在跟蹤我了，才將相機中的軟片取了出來，順手將之交給了一個沖洗店，吩咐他們只要將軟片沖出來就行。

那店家像是不願意做這筆小生意，我告訴他們，我要在一個小時內取相，可以加十倍付錢，那伙記才眉開眼笑地答應了下來。

（在早期作品中，處處可見生活變化之大，現在，幾十分鐘沖洗照片，滿街皆是，但二十幾年前，那是「科幻」題材。）

我揀僻靜的小巷，走出了幾步，看看沒有人，就將那隻照相機，拋在陰暗的角落處，然後，我才又轉入熱鬧的街道上。

我的心情，顯得十分愉快。

因為，我和那幫敵人交手以來，每一次「交鋒」，我都處於下風。我失去了那疊文件，失去了毒刺，但是這一次，我卻佔了上風。

那一卷軟片中，可能有着極重要的資料。

這一點，只要看丟了相機的那個白種人的狼狽相，就可以知道了。

我心情輕鬆，當然我又已經戴上了面罩，輕輕地吹着口哨，向頓士潑道而去。

頓士潑道是一條十分短而僻靜的街道，我一轉入頓士潑道，就彷佛已經遠離了鬧市一樣，迎面而來的，是一對靠得很密的情侶。

我看看號碼，找到了六十九號。

這一條街上的房子，大多數是同一格局，五層高，每一層都有陽台，是十分舒服的洋房。六十九號的地下，左右兩面都沒有店舖，我走上了幾級石階，在電梯門前，停了下來。

我按了電梯，在等候電梯之際，我心中不禁在暗暗裏想，那位羅勃楊先生，不知究竟是怎樣的人物，他和這件事，究竟又有什麼關係呢？

如果我應付得得體的話，那麼，我今晚就可以大有收穫了。但如果那羅勃楊十分機警的話，那我可能虛此一行，或者還可能有危險！

電梯下來了，我跨進了電梯，心中仍不斷地在思索着，片刻之間，電梯已到了五樓，我走出電梯一看，六十九號五樓，是和七十一號五樓相對的，那是所謂「一梯兩伙」的樓宇。

我按了六十九號的電鈴。一下，沒有回答。我等了一會，再按第二下，仍然沒有回答。我用力按第三下，才聽得門內有人道：「什麼人？」

我連忙道：「有一位楊先生，住在這裏嗎？」

裏面的聲音道：「什麼楊先生？」

我道：「楊天復先生。」那聲音道：「你找他有什麼事？」我道：「我是街邊擺水果攤的，有一個洋人，叫我送一封信來。」

裏面靜了一會，門打開了一道縫，道：「我就是，拿來！」我拿出了那紙條，從門縫中遞了進去，同時，我以肩頭，向門上推去，希望能夠將門推開，走進屋去。

但是，我的目的，卻沒有達到。

因為那門上有一條鐵鏈拴着，那條鐵鏈只有兩寸長，門縫也只有兩寸寬。

我將紙條一遞了進去，就被一個人搶了過去，同時，門也「砰」的一聲關上，幾乎軋住了我的手指！

當然，如果我要將門硬推了開來，絕不是難事，但是這一來，卻更其打草驚蛇了。我沒有想到這位羅勃楊竟然如此警覺，連他是什麼樣子的，我也沒有看到，只是在門打開一道縫的時候，看到他穿着一件紅色的睡袍而已。

我在門外呆了一呆，又按了按電鈴，道：「那洋人說，信送到之後，有五元打賞的！」

門再度開了一道縫，飛出了一張五元的鈔票來，同時，聽得那位楊先生喝道：「快走！」接着，門又「砰」地關上了！我聳了聳肩，拾起了那張五元的鈔票，四面看了一看，尋思着辦法。

只見另有樓梯，向上通去，那一定是通到天台去的了。我心中立即閃起了一個十分冒險的念頭，那楊天復不給我由門而入，我何不由天台爬下去，從窗口中爬了進去？我向着那扇門，笑了一笑，立即轉身，向天台走去。

天台的門上，也有鎖鎖着，但是那柄鎖，在我鋒利的小鋼鋸之下，只支持了半分鐘就斷了開來，我上了天台，寒風陣陣，天台十分冷清。

我首先向街下望去，只見行人寥寥。也是絕不會仰頭上望的。

這實是給我極佳的機會，我從天台的邊緣上攀了下來，沿着一條水管，來到了一扇有凸花的玻璃面前。通常，裝上這種玻璃的窗子，一定是浴室，那可以透光，又可以防止偷窺。

我側耳聽了一下，沒有聲音，我又小心地用食指，在玻璃上彈了幾下，彈出了裂縫，然後，以手掌將玻璃弄了一塊來，再伸手進去，將窗子打開。

這些手續，全是夜賊的基本功夫，我相信做得十分好。窗子打開後，眼前一片黑暗，我停了片刻，才看清那間浴室，十分寬大。

但是，那間浴室，卻也給我十分奇特的感覺。

起先，我幾乎說不出為什麼我對那間浴室，會有這樣特異的感覺，但是我立即看出來了，因為，那浴室既沒有浴巾，也沒有廁紙，倒像是棄而不用的一樣。

我又傾聽了片刻，浴室的門關着，我不能看到外面的情形，但是門縫中卻一點光亮也沒有，由此可知屋中的人，離開浴室很遠。

我又以小鋼鋸，鋸斷了兩枝鐵枝，然後，輕而易舉地，躍入了浴室之中。

我到了門旁，又仔細傾聽了一會。

雖然我相信我自己的行動，十分正當。但是我這時的行動，卻直接地觸犯了法律，如果為屋主人捉到的話，那我非坐牢不可，這實在是不可想像的丟人，所以我必須小心從事。

聽了片刻，外面仍沒有任何聲音，我才輕輕地打開浴室的門。

我將浴室的門，打開一道縫，向外看去，一看之下，我不禁一愣。這間浴室是一間房內浴室，我看出去，當然看到那間房間。

可是，那卻是一間什麼家俬也沒有的空房間！

我呆了一呆，在空房間中轉了一轉，又打開了房門，房門外面，是很寬敞的廳子。但是也是空蕩蕩的，什麼也沒有。

在廳子的一邊，另外有兩扇門，門縫下並沒有光線透出，我輕輕地一打開，兩間房間，也都是空的。我心中不禁生出了一股寒意：這是怎麼一回事？楊天復呢？他在什麼地方？

難道我剛才經歷的一切，全是幻覺。

可是，我的那封信，被人取去了，我袋中多了一張五元的鈔票，那卻是實實在在的事情。

我又看了廚房、工人房，這一層樓，不但沒有家俬，而且的的確確地沒有任何人。

當然，楊天復可以趁我爬上天台之際，離屋而去，但是要知道，楊天復並不是事先知道我會送信來而在這裏等我的。

而楊天復必定是住在這裏的，要不然，他也不會穿着睡袍，但是，一個人可能住在一間完全空的，什麼也沒有的房子中麼？

我在屋中呆了片刻，心中充滿了疑問，我知道有一個最簡單的辦法，可以揭穿這個謎，那就是我退出去，再去按電鈴，要楊天復來開門。

當他來開門之際，我說不得，只好用硬來的法子，闖進屋去，和這位神秘的先生見見面了。

我打定了主意，想開了大門走出去，但是卻打不開。我又怕弄出太大的聲響，因此又退了回去，回到了那間浴室中，從窗口爬了出去，沿着水管，向下滑去。我當時，不向上爬，由天台的路走，而向下滑去，那實是犯了最大的錯誤！

就在我滑到離地面還有五六尺之際，突然，兩道強光，射了過來，一齊照在我的身上，同時，聽得有人喝道：「別動！」

我本能地身子縮了一縮，立即向下躍來，但是我在落地之後，強光依然照住了我，同時我聽得手槍扳動的聲音。

我舉起了雙手，叫道：「別開槍。」又聽得人喝道：「別動！」

那兩個呼喝的聲音大是嚴厲，在被電筒照得什麼也看不見的情形下，彷佛有兩個人，向我走來，我腹部立即中一拳。

那一拳，對我來說，實是如同搔癢一樣，根本不覺得疼痛，但是我知道，如果普通人捱了那麼一拳的話，一定會痛得流冷汗的，我這時絕不能暴露自己的真正身分，因為我如今，是一個被捉住的小偷了，所以，我也必須和普通人一樣。

當下，我「啊呀」叫了出來，彎下身去，叫道：「別打！別打！」我正在說着「別打」，兜下巴又捱了一拳。

我立即裝着仰天跌倒，緊接着，我又被人粗暴地拉了起來，同時，「格」的一聲，我的右腕，已經被手銬銬住了！

也直到這時，我才看清對付我的這個人，並沒有穿着制服。我心中暗忖真是運氣太差，何以會遇上了便衣人員的？

當時我實是沒有發言的餘地，因為那兩個人手上都有着槍，其中一個拉着我向前走去，我沒有法子和他掙扎，雖然我可以用七種以上的法子，掙脫那隻手銬，但是這是一條直路，當我掙脫了手銬之後，如果我向前逃走的話，兩柄手槍的子彈，一定會比我的身手快得多。

我跟着他們，來到了街口，只見一輛黑色的大房車，駛了過來，司機帶着一頂呢帽，將帽檐拉得低低的，看不清他的面目。

那兩個人中的一個，踏前一步，打開了車門，喝道：「進去！」我這時不能不出聲了，因為這輛車子，不是警車。我問道：「到哪裏去？」

我的話一出口，背上又「咚」地捱了一拳，那大漢道：「到警局去，還有到什麼地方去？請你去跳舞麼？」

我向那輛黑色的大房車一指，道：「朋友，這不是警方的車子，你們究竟是什麼人？」那兩個大漢，一聽得我這樣說法，面色不禁一變。

從他們兩人面色一變之中，我已經可以肯定，這兩個人絕不是警方的便衣人員，而我之所以落在他們的手中，可能是我的行動，早已為羅勃楊所知的緣故，而這兩個人，也可能是羅勃楊所派出來的。

我一想這一點，反倒沒有了逃脱的念頭。

因為，我一直想追尋和張小龍失蹤有關的線索，但是到目前為止，卻一點結果也沒有。本來，我如果能和那個羅勃楊見面的話，對整件事情，自然大有裨益。但是羅勃楊不但十分機警，他的住處，更是神秘到了極點，令得我一無所獲。

如今，這些人既不是警方人員，自然和羅勃楊有關係；就算和羅勃楊沒有關係，也和張小龍的失蹤有關，正是我追尋不到的線索。既已到手，又如何肯輕易地放棄？在我心念一轉之際，只聽得那司機咳嗽一聲，將帽子拉高了些。

我看到那司機的面色眼神，全都說不出來的陰森，他向那兩人使了一個眼色，那兩人立即各以手槍，抵住了我的腰際，低喝道：「識相的，跟我們走。」

我忙道：「兄弟，我……只不過是一個倒楣的小偷，你們……」

那兩人不由分説，以槍管頂我，將我推進了車廂，「砰」的一聲，車門關了，車子立時向前，疾馳而出，我想注意一下他們將車子駛到什麼地方去，但是那車子的後座，和司機位之間，有着一層玻璃，還有黑色的絨布簾，兩面和後面的窗子，也是一樣。

那兩個大漢拉上了簾子，我在車廂之中，便什麼也看不到了。

我只覺得車子開得十分快，起先，還時時地停了下來，那自然是因為交通燈的關係，到後來，便一直向前疾馳而開，我的直覺告訴我，已經到了郊外。

我的左右腰腿上，各有一管槍抵着，但是我的心中卻一點也不吃驚。

因為這時，我不明白對方的身分，但是對方卻一樣不明白我的身分。

而我有利的是，對方是什麼樣的人物，我總可以弄得清楚。而我如果一直裝傻扮懵的話，那麼，他們可能真當我是一個偷進一幢空屋的小偷，這對我行事，便大是有利了。

所以，一路上，我便作出可憐的表情，一直在哀求着那兩個人。戴在我面上的那尼龍面具，因為薄如蟬翼，所以面上肌肉的動作表情，可以十足地在面具上反映出來，實是令人難以相信我是戴上一張面具的！

那兩個人只是扳起了臉不理我，當我的話實在太多的時候，他們才用手槍撞我一下，示意我不要再說下去。

本來，我就無意以我的話，來打動他們，使得他們放我走，我只不過想隱蔽自己的身分而已。看來，我的表演十分成功，我心中也怡然自得。

車子足足疾馳了一個小時左右，才停了下來。一停了下來之後，那兩個大漢之中的一個，以手指在玻璃上叩了幾下。

玻璃之外，傳來了一個十分冷峻的聲音，道：「帶他出來。」

那大漢打開了車門，將我拖出了車廂。

在我的想像之中，我一定已到了賊窟之外，說不定那賊窟，乃是一幢華麗的洋房，又說不定，可能是十分簡陋的茅屋。

可是當我跨出車廂之際，我卻不禁猛地一愣。

只覺得寒風撲面，四下望去，空蕩蕩地只見樹影，哪裏有什麼房屋？

我一見這等情形，心中不禁吃了一驚，忙道：「你們將我……帶到這裏來做什麼？」

我一面說，一面已準備有所行動。因為我怕他們，要在這樣的一個荒郊中對我下毒手，那我實在是死得太冤枉了！但是就在我準備有所行動之際，那司機已向我走了過來。

他陰森的眼光，在黑夜中看來，更是顯得十分異樣，十足是一條望着食物的餓狼一樣。

他來到了我的面前，伸手在我的肩頭上拍了一下，以十分生硬的本地話道：「放心，請你戴上這個！」他說着，便取出了一隻厚厚的眼罩，不經我同意，便將我的眼部罩上了。

我眼前，立時一片漆黑，什麼也看不到了。

我這時的心情，十分矛盾。因為我冒的險，實是十分兇險之故。

我的眼睛給他們蒙上了，他們要殺害我，更是容易進行得多。但是，他們可能不準備害我，而且是準備將我帶到某一地方去，那我就不宜在這時發作。

說來十分可笑，因為我為了這個，猶豫了半分鐘。而如果他們準備殺我的話，只怕我也早已上了西天了。但他們卻不準備殺我，我覺得兩肩被人抓着，向前推去，腳高腳低，走了足足有二十分鐘，才聽得有開門的聲音，但是在進入那扇門後，又走了五分鐘，才進第二扇門，接着，便停了下來，而我的眼罩，也為一個人撕脫。

霎時之間，只覺得過分的光亮，直射我的眼球，令得我什麼也看不到。但是沒有多久，我便恢復了視力，同時也看清了眼前的情形。

那兩個冒充警察，押解我前來的兩個大漢已經不在。只有那個司機，正以十分陰森的眼睛看着我，但是卻俯身和一個坐在沙發上的胖子，低聲講着話。

那是一間普通的起居室，我看不出什麼異樣來，只有那個胖子，態度顯得十分神秘，因為他在燈光下，戴着一副黑眼鏡。

那「司機」一路說，那胖子便一路點頭，我裝着不知所措地坐着，不一會，門又打了開來，走進了一個身材十分苗條的女郎，手中拿着一隻錄音機，那女郎也戴着一副黑眼鏡。

她進來之後，並不說話，也不向什麼人打招呼，就將錄音機放在几上，熟練地開了掣，錄音盤開始「沙沙」地轉動。

那胖子咳嗽了一聲，揮了揮手，面目陰森的司機，在他的身邊，坐了下來，那胖子開口道：「衛斯理先生，久仰大名。」

那胖子説的是英語，十分生硬，但這時候，那胖子説的即使是火星上的語言，我也不會更吃驚了。

我一直在充作「小偷」的角色，因為我是在沿着水管而下之時，落入他們的手中的。而且，我自己還正在自鳴得意。

可是，原來人家早已知我是誰了！

想起了我在車上的「精彩表演」，我連自己也禁不住臉紅，我這才知道，在許多的失敗之上，又加上了一個更大的失敗！

我呆呆地望着那司機，又望着那胖子，一時之間，實是一句話也說不出來！

那胖子又笑了笑，道：「我們用這種方式，將你請到這裏來會面，而且，又在你進行工作的時候，實是十分抱歉。」

我聽了之後，只是「哼」的一聲。

事實上，我這時一敗塗地，完全處在下風，除了「哼」的一聲之外，實在想不出還有什麼別的話可說！那胖子又道：「衛先生，你既然到了我這裏，想來一定可以和我們合作的了？」

我直到此際，才有機會講話，道：「你們是什麼人？要我和你們合作什麼？」

那胖子乾笑了幾聲，道：「很簡單，我們問，你照實回答，這就行了。」

我沉聲道：「如果我拒絕呢？」

那陰森的漢子立即陰笑道：「不會的，衛先生是聰明人，怎麼會拒絕呢？」我欠了欠身子，那隻手銬，還在我的右腕上。

如今，對方既然明白了我的身分，自然也深知我的底細了，我又何必讓這討厭的東西，留在我的手上？所以我一縮手，便已將手銬，脫了出來，同時，毫不經意地用力一抓，那手銬被我抓到扁了。我看到胖子和那陰森的漢子兩人面上，都現出了驚訝之色。

我順手將手銬向地上一拋，道：「好，我要先聽聽你們的問題。」

那胖子道：「衛先生，你是什麼時候開始為勞倫斯．傑加工作的？」

那胖子的這一句話，實是令得我又好氣又好笑！誰他媽的知道勞倫斯．傑加是什麼人？我立即道：「你一定弄錯人了，我不認識這個人。」

那胖子聳了聳肩，面上肥肉抖動着，像是掛在肉鉤上的一塊豬肉。他似笑不笑地道：「衛先生，你一定聽說過有一種藥物，注射之後，可以令人吐露真言的，我們如今，還不願意使用這種藥物！」

那胖子對我說的話，並不是虛言恫嚇，的確是有這樣一種藥物的。

但是那胖子如今不使用這種藥物，自然不是出於對我的愛惜，而且人在接受了這種藥物的注射之後，雖然口吐真言，但是卻十分凌亂，需要十分小心的整理，方能夠有條有理，而且，也未必一定能夠整理得和事實的真相般無異。

我也聳了聳肩，道：「我的確不認識這個人。」

那胖子冷冷地道：「那你為什麼人送信？」

我「啊」的一聲，叫了出來，我立即想起了那離奇死在張海龍別墅的後園，又經過我移屍的白種人來。所謂勞倫斯．傑加，一定就是他了！

我立即道：「你是說一個有着金黃虬髯的高個子？」

那胖子笑了笑，向身後的那陰森漢子道：「我們親愛的衛先生的記憶力原來並沒有衰退，他記起來了。」我忍受着他的奚落，平心靜氣地道：「我是不認識這個人，在我見到他時，他已經死了。」

那胖子和那陰森的漢子兩個，像是陡地吃了一驚，齊聲道：「死了，勞倫斯死了？」

我道：「是的，他是死在兩個特瓦族人之手，你們既然從南美洲來，應該知道特瓦族人所用的毒藥的厲害！」

我開始盡可能地反擊，因為我聽出那胖子的英語，帶有西班牙語的音尾，所以我斷定他是從南美洲來的。那胖子果然一愣，乾笑道：「好，衛先生，那麼，勞倫斯的朋友，那位有着十七、八個名字的羅勃楊，他又交給了你什麼任務呢？」

我冷笑道：「羅勃楊如果有任務交給了我，我又何必沿着水管往下爬？」

那胖子不期而然地點了點頭，我站了起來，道：「我相信我們以這樣的地位相處，對大家都沒有好處。」

那胖子摸着下頷，道：「衛先生，我們沒有別的法子，因為我們不知道你究竟擔負着什麼任務！」我立即道：「要知道，我一樣不知道你們擔負什麼任務！」

那胖子仍然不斷地摸着他的下頷，雖然他光潔的下頷上，一根鬍髭也沒有，他慢條斯理地道：「不錯，但如今，你卻被我們請到這裏來了！」

這肥豬，他是在公然地威脅我了！

我不知道這是什麼地方，也不知道這幾個是什麼人，更不知道這些人準備如何對付我，但是我知道，如今我需要的是鎮定。

只有鎮定，才有可能使我脱離險境。只有鎮定，才有可能弄清楚這幾個人的底細。所以，我也以緩慢的動作，伸了一個懶腰，道：「我一生之中，不知被人家以這種方式，『請』了多少次，但我仍然在這裏。」

那胖子的口鋒一點也不饒人，立即道：「我相信你所說的是事實，但是這一次，卻是不同，我們是不惜殺人的，你知道麼？」

他在講那幾句話的時候，神情顯得十分可怖，尤其是他戴着黑眼鏡，因此更有一種十分陰森的感覺。他一面說，一面揮了揮手，以加強他的語意。

我從他的神情中，可以看出那胖子，是一個說得出做得到的人。

我仍然維持着鎮定，道：「如果命中註定，我要作你們的犧牲品的話，我也沒有辦法可想！」

那胖子一聲冷笑，以他肥胖的手指，叩着沙發旁邊的茶几，他問道：「好了，我開始我的問題了！」我以沉默回答他。

他緩緩地道：「首先，我要知道，是誰在指揮着羅勃楊！」

我腦中正在拚命地思索着。

我已經知道眼前的這幾個人和羅勃楊並不是一夥，說不定，還是對頭。但不論是跟前的胖子也好，是羅勃楊也好，卻和張小龍的失蹤有關。我更相信，除了眼前的胖子和羅勃楊之外，還有第三個集團，那便是那個死了的白種人致羅勃楊信中所說的「他們」，信中說，「他們」已得到了一切，那當然不是指眼前的胖子而言。

因為，眼前的胖子，正想在我身上得到一切！

我相信偷攝我住所，失去相機的那人，就可能是那第三方面的人馬。

當下，我沉默着，並不回答，因為我根本無從回答起。關於羅勃楊，我除了知道他穿了一件紅色的睡袍，和住在一層空無一物的房屋之中之外，什麼也不知道。

那胖子等了半晌，不見我回答，便咳嗽了一聲，道：「衛先生，你應該說了。」

我道：「你完全弄錯了，這樣的問題，叫我根本沒有辦法回答。」

胖子道：「那麼，或者變一個方式，羅勃楊接受着誰的命令？」我站了起來，大踏步地來到了他的面前，我的動作，十分快疾而果斷，但是，我到了胖子的面前，胖子面上，仍沒有吃驚之色。

在這一點上可以證明，雖然我看不出什麼迹象來，但是胖子卻有着充分的準備，他並不怕我突然發難。

我在他面前站定，俯下身去，道：「你要明白，你從頭到尾，都弄錯了！」

那胖子忽然嘆了一口氣，道：「不錯，我們做了許多錯事，例如以為羅勃楊是毫不足道的，但我們錯了，羅勃楊擔任着主要的角色；又例如我們認為張小龍的秘密，已沒有人知道了，但事實卻又不然……」

他提起張小龍來了，我心中不禁一陣高興。

但是那胖子卻沒有再往深一層說下去，只是道：「如果我們過去犯了一百個錯誤，那麼現在開始糾正，還來得及，所以我們要盤問你。」

我立即道：「如果你們盤問我，那你們是犯第一百零一個錯誤了！」

第七部

再探神秘住宅

胖子的手一提，摘下了他的黑眼鏡。

他的眼圈，十分浮腫，但是眼中所射出來的光芒，卻像是一頭兇惡的野豬一樣，我知道我不能低估這個胖子，如今一看那胖子的眼色，我更加認為我的設想，一點也不錯。

他一摘下了黑眼鏡，我便知道他會有所行動了，因此我立即退後一步，一伸手已經抓住了一張椅子的椅背，以便應變。

但是，室中卻一點變化也沒有。

那女子仍坐在錄音機旁，那面目陰森的人和胖子，仍然坐着，室中極靜，只有錄音機的「沙沙」聲，也正因為是他們絕無動作，因此使我料不定他們將會有什麼動作，因之使我的心神，十分緊張。

靜寂足足維持了五分鐘，那胖子才緩緩地向那張茶几，伸過手去。我立即注意到，茶几面上，有着一個按掣，我不等胖子的手按上去，便厲聲喝道：「別動！」那胖子果然住手不動，但也就在此際，我注意了胖子，卻忽略了另一個人。

那大漢當然是趁此機會，按動了另一個掣鈕，因為，我「別動」兩字，才一出口，便覺得身子向下一沉，那是最簡單的陷阱，我連忙雙腿一曲，就着一曲之力，身子向上，直跳了起來。

可是，就在我剛一跳起，還未及抛出我手中的椅子以洩憤之際，突然，一片黑影，兜頭罩了下來，在我還未曾弄清楚是什麼東西的時候，身上一緊，全身便已被一張大網罩住了！

那張大網，是從天花板上，落下來的。

那胖子「哈哈」一笑，道：「這是我們用來對付身手矯捷的敵人的！」

這時候，我雖然身子被網網住，但是我的心中，卻是高興之極！因為這陷阱，和自天花板上落下來的那張網，使我知道了這裏是什麼所在！

因為我早就聽說，有一個十分龐大的走私集團（很煞風景，主持這個走私集團的，乃是一個「名流」，而並不是下流人物，「名流」正是靠走私發達的），這個走私集團，近年來，活動已經減少了，但是走私集團總部的種種電力陷阱裝置，卻還為人所樂道。

我並不自負我的身手，但像我這樣的人，居然也會轉眼之間便被擒住，那當然是這個走私集團的總部了。而這位大走私家——我們的「名流」，在走私的現場，被我捉到過一次，在我的警告之下，他才告斂迹的，但是我卻掌握着一箱的文件，只要我一死，文件便會公布，那便足夠使他坐上二十年的苦監！

我知道自己身在此處，自然難免高興！

因為如今，我雖身在網中，但是不一會，我就可以佔盡上風了！

當下，我冷笑了一聲，道：「對付身手矯捷的人，這網的網眼，還嫌大了些！」

在他們還未曾明白，那是什麼意思之際，我早已摸了兩枚鑰匙在手，從網眼之中，將那兩枚鑰匙，疾彈了出去！

那以後幾秒鐘內所發生的事情，我至今想來，仍覺得十分痛快。兩枚鑰匙，重重的彈在他們兩人的額上，胖子從椅上直跳了起來，伸手摸向額上，當他看到自己的掌心滿是鮮血之際，那種神情，令我忍不住哈哈大笑。

然而就在我笑聲中，那胖子怒吼一聲，已經拔出了手槍來。

那面目陰森的人正在以手巾按住額上的傷處，我立即向他以本地話道：「大隻古呢？我要見他！」

那胖子的手槍本來已經瞄準了我，可是我這句話一出口，簡直比七字真言還靈，那面目陰森的人立即叫道：「別開槍！」

那胖子愣了一愣，道：「為什麼？」

那人向我一指，道：「他認得老闆。」

我口中的「大隻古」，就是上面提到過的那位「名流」。「大隻古」是他未發迹時的渾名，如今，已知者甚少了，我能直呼出來，自然要令得他們吃驚！

那面目陰森的人望着我，道：「你識得老闆麼？」我道：「你立即打一個電話給他，說你已將衛斯理置身網中了，看看他有什麼反應。」

那人面上神色，驚疑不定，和那胖子望了一眼，又向那位小姐招了招手，三人一齊走了出去。我在網中，一點也不掙扎，反而伸長了腿，將網當作吊牀，優哉游哉地躺了下來。

不到五分鐘，那面目陰森的人，面如土包，滿頭大汗地走了進來，他一進門後，連話都顧不得說，便按動了牆上的一個按鈕，那張網跌了下來。他手兒發抖，替我將網撥了開來，我冷冷地道：「怎麼樣？」

那人道：「老闆說他……馬上來……這裏，向……你賠罪。」

這是我意料中的事，大隻古可能敢得罪皇帝，但是卻絕不敢碰一碰我。那人又道：「我……叫劉森，這實在不是我的主意。」

我一面站起來，一面道：「我早已看出你是本地人，你卻還裝着外國人的同路來嚇我，太可惡了！」劉森點頭屈腰，連聲道：「是！是！」

我在沙發上大模大樣坐了下來，道：「等一會，大隻古來了，我該怎麼説？」劉森面上的汗，簡直圍成了幾條小溪！

大隻古以心狠手辣著名，劉森顯然是知道的，所以他才會這樣害怕，他連汗也顧不得抹，突然雙腿一曲，向我跪了下來！

我倒也不防他有此一着，道：「你起來，如果你肯和我合作的話，我可以將一切事情，都推在那外國胖子身上，不提你半句。」

劉森道：「恩同再造，恩同再造！」

我又緩緩地道：「如果你不肯合作的話，我就……」我話還沒有講完，他便道：「一定，一定。」我見得他害怕成這樣，心知這次「失手被擒」，反倒使我有了極大的收穫！

劉森戰戰兢兢地在我對面，坐了下來，面上這才開始，有點人色，我問道：「這個外國胖子是什麼人？」劉森側耳聽了聽，細聲道：「衛先生，我明天到府上來，和你詳談。」

我點了點頭，這裏既是那走私集團的總部，各種科學上的裝置，自然應有盡有，劉森不敢在此詳談，可能有他的道理。

我等了沒有多久，大隻古便氣急敗壞地奔了進來，一進來，不待我說話，便給了劉森兩巴掌！劉森捱了兩巴掌，眼淚汪汪地望着我，我道：「不關他事，是那個外國胖子！」

大隻古雖然做了「名流」，他那件襯衫的所值，在二十年前，便可以使得他去拼命了，但是，滿臉橫肉，不是金錢所能消滅的。

他轉過頭來，頓足罵道：「那賊胖子，他是我過去……事業上的一個朋友，這次來，說是有重要的事，最好由我派給他一個助手，借給他一點地方，我便答應了他，怎知他弄出這樣的事來！這傢伙，聽說他在巴西也是第一流富豪了，不知竟還充軍到這裏來幹什麼！」

關於那胖子的詳細身分，我明天盡可以問劉森，我只是急於離去，因此我揮手道：「別說了，你管你去吧。」

大隻古道：「老兄，你……不見怪吧？」

我笑道：「我知道有一家辦得很好的中學，因為沒有經費，快要停辦了，如果你肯花一筆錢，使它維持下去，那我就不見怪了！」

大隻古忙道：「一定，一定！」

我笑道：「我會通知那家中學的負責人去找你的。」

大隻古道：「是，我去趕走那賊胖子！」

劉森道：「老闆，覺度士先生和他的女秘書，一知道衛先生認識你，他就走了！」大隻古連聲道：「走了最好，走了最好！」

他命令劉森，送我出去，又匆匆地走了。

劉森帶着我，走出了這間密室，經過了一條長長的走廊。那走廊高低不平，叫人在感覺上，像是走在石塊上一樣，然後，才從一扇門中，走了出來。那一扇門，通出來之後，便是曠野了，再回頭看那扇門時，那門由外面看來，和石塊一模一樣，門一關上，絕不知道山壁上有這樣的一道暗門。

我出來之後，便道：「你立即送我到頓士潑道去！」因為我還急於要弄明白羅勃楊的秘密，所以我仍要連夜到那邊去。

劉森答應了一聲，我們在曠野中步行了大約十分鐘，便到了一輛汽車的旁邊。那一輛汽車，就是將我從頓士潑道載來此處的那輛。

我上了車，覺得有劉森在身邊，行動反而不方便，因此便揮了揮手，道：「你去吧，明天上午十時，你到我寓所來見我，如果我不在，你可以等。」

劉森點了點頭。在那一瞬間，他面上忽現出了一絲憂鬱的神色來，嘴唇掀動，像是想對我講些什麼，但是隨即又苦笑一下，道：「好。」

我雖然看出他有些話要對我說而未曾說出來，心中疑惑了一下。但這時我因為急於要趕到頓士潑道去，所以並沒有在意，見他已答應了，我便駛着車子，向前疾馳了開去。等到我將車子，停在頓士潑道口上時，我看了看手表，已是清晨兩時了。

我下了車，一直來到了六十九號的門口，上了電梯，不到五分鐘，我便站在那所空屋的門前了。我心中轉念着，如果我用百合鑰匙，開門進去，那是十分容易的事情，但是這幢房子，我已經進去過一次了，那是一間空屋子而已。

我不是需要再去查空屋了，我是要見到羅勃楊其人！因此，我按動了電鈴。

電鈴不斷地響着，足足響了七八分鐘之久，還沒有人來應門。是沒有人麼？我可以肯定不是，因為，當我一站在門口之際，便看到門縫處有亮光隱隱地透露出來，可知這幢空屋之中有人，雖然那人未必一定是羅勃楊，但總應該有人來應門的。

我繼續地按着門鈴，又持續了近五分鐘。門內仍是一點反應也沒有。

我知道一定有了什麼蹊蹺，貼耳在門上，仔細地聽了一會，裏面一點聲音也沒有，我的百合鑰匙，輕輕地打開了門鎖，慢慢地推了大門。

然而，我才推開了五、六寸，便聽得門內「砰」的一聲響，傳來了一下重物墮地之聲！

我絕未曾料到忽然間會有這樣的一下聲響傳出，一時之間，也不禁為之嚇了一大跳，定了定神，向內看去。一看之下，我更是呆了半晌。手推門進去，順手便將門關上。

屋子內仍是空蕩蕩的，沒有家俬。

但是，在一幅牆壁上，卻有着一扇半開着的暗門，從那扇暗門中望過去，裏面是一個大客廳。陳設得十分華貴。那一望之間，已將我的疑團，完全消除了，羅勃楊出現又失蹤，自然都是這一扇暗門在作怪。而那扇暗門，卻是通到頓士潑道七十一號去的。六十九號和七十一號，本來就只是一牆之隔！

由此可見，羅勃楊這個人的身分，一定是十分神秘的了，他住在七十一號，但是他卻同時租下了六十九號，以六十九號作為他的通信地址，但如有什麼人，像我那樣，想偷入六十九號，偵查他的行蹤的話，其結果卻只能看到一幢空屋！

我心中的一個舊的疑團消除了。

但是同時，我卻又產生了一個新的疑團。

羅勃楊在我一跨進屋子之後，就在我的身邊，他本來是伏在門上的，因為我一推門，他才跌倒在地上，而他跌倒在地上之後，便連動也沒有動過，睜着大而無光的眼睛望着我。

他不是不想動，而是根本不能動了！他的那種面色神情，任何人一看到就可以知道，這個人已經死了！

我呆了半晌，沒聽得有什麼特別的動靜，但是我仍不能肯定這兩層房子中，除了我以外，便沒有他人了。所以，我由暗門中向七十一號走去，花了三分鐘的時間，搜索了那三間房間，確定了沒有人之後，我才又回到了羅勃楊的身邊。

羅勃楊仍然穿着那件睡袍，從他屍體的柔軟度來看，他的死亡，只不過是半小時之內的事情，我很快地便發現了他的死因：在他右手的手腕上，釘着幾枚尖刺，其中有一枚，恰好刺進了他的靜脈。

那種尖刺，正是我在張小龍的實驗室前，曾經撿到過，交給老蔡，又給人偷去的那種。我又小心地將這幾枚尖刺，拔了下來。羅勃楊當然是在一開門時，便被人以尖刺射死的，所以他的屍體，才會壓在門上。

接下來，我便想在羅勃楊的身上和他的房間中發現些什麼，但是卻一無所獲。

我不知道害死羅勃楊的人是誰，但是我卻可以肯定，害死羅勃楊的人，和張小龍的失蹤，有着極其密切的關係。

從傑加、羅勃楊這一條路，追尋張小龍下落的線索已經斷了，但是我卻並不感到灰心，因為我還有劉森，他可以供給我更多的線索。

我想就此退出，但是一轉念間，我便改變了主意。我至少要讓殺死羅勃楊的兇手，吃上一驚才行！

因此，我拖着羅勃楊的屍體，走進了暗門，又將暗門小心合上，一直將羅勃楊拖到了廚房，將他的面部，壓在煤氣灶上面，打開了煤氣，關上了廚房門，這才由大門退了出去，上了車，回到了家中。

我知道，明天或者後天，當兇手由報上看到羅勃楊死在廚房中，而且是由於煤氣中毒而死，那麼兇手一定會大大地吃上一驚的！

雖然，這可能對我，沒有什麼好處，但能夠擾亂一下敵人的心神，總是不錯的。

我到了家中，已經五點多了，忙了將近一夜，仍然説不上有什麼收穫來。我專心一意，等着劉森來到之後再説，可是，第二天早上，當我看到報上的消息之際，我不禁呆了。

羅勃楊的死訊，還未曾登出來。但是，劉森的死訊，卻已在報上了，劉森的身分「XX行高級職員」，這家「XX行」，就是那位走私專家的大本營，他是死於「被人狙擊」，「警方正嚴密注視」云云。

我頹然地放下了早報，又死了一個！

我想起，如果昨天，我和劉森一起到頓士潑道去的話，那麼劉森可能不會死了，我又想起，如果昨晚，我能及早發現那扇暗門的話，那麼，羅勃楊也可能不會死了！

羅勃楊和劉森之死，自然不會給我什麼負疚，但是，剛有了一點頭緒的事，又墮入五里霧中，陷於一片黑暗的境地之中了！

我放下報紙，呆了許久，才又拿起了報紙來，細細地讀着那段新聞。報上的記載，非常空泛，但是有一點，卻引起了我的懷疑，那便是劉森死亡的地點。

劉森死在一家著名的酒店旁邊的一條冷巷之中，死亡的時間，是在和我分手後的半小時，而劉森必須在和我分手之後，一刻不停，還要以極快的速度，方始能趕到那地方去。由此可知，他到那地方去，一定是有目的。因為劉森之死，曾有人目擊，兇手在逃，屍體並沒有被移動過。由此，更可知道兇手知道劉森一定會到那地方去的。

我憑着這一點，想了半晌，忽然跳了起來！那間著名的大酒店——那是國際富豪遊客的憩息之地，我想起了大隻古對胖子覺度士的評價，覺度士已成富豪，他會不會住在那家酒店中呢？劉森又會不會是趕去會他，而覺度士因為劉森知道得太多，所以才殺他滅口呢？

我一躍而起，匆匆地洗了臉，喝了一杯牛奶，便衝出門去。

但是，我剛一出門，一輛跑車，便在我家的門口，停了下來。車中下來了一個穿着織錦棉襖的女郎，正是張小娟。

張小娟見了我，秀眉一揚，道：「要出門麼？」

我連忙道：「正是，你可以和我一起去，我們一面走，一面說，本來，我已經很有了一點頭緒，但是如今，卻又斷去了線索，我正在努力想續回斷去的線索！」

我一面說，一面已經跨進了她跑車的車廂，她上了司機位，道：「到哪兒去？」

我道：「到XX酒店。」

張小娟以奇怪的眼色看着我，道：「到那裏去幹什麼？」我道：「等一會再說，說來話長着呢！」

張小娟不再多問，駛車前去，轉過了街角，她道：「我也有一點收穫，我在警局的一個朋友處，查出了那個死在實驗室門口的人的姓名，叫作勞倫斯·傑加。」

這一點，我早就在胖子覺度士的口中知道了，但是我不願太傷害她的自尊心，因此道：「好啊，這是一個很重要的發現。」

張小娟一面駕車，一面道：「這個人，以前曾經領導過一個奴隸販賣集團，那一集團中的人，都叫他傑加船長，而因為幾次遭到圍捕，他都能安然無事，所以又有不死的傑加船長之稱，他是極端危險的犯罪分子，化名來到此地的。」

我忙問道：「他來此地的目的是什麼？」

張小娟道：「警方沒有查出來。但是警方相信他來此，一定另有目的，所以，便暫時沒有發表他的身分。」

我「嗯」的一聲，心中暗忖，這件事本來已經夠複雜的了。如今，警方一插足，自然更複雜了。

我至少知道，勞倫斯．傑加和羅勃楊是一伙，但如今他們兩人都死了。傑加船長是不是還有第三個合夥人呢？到目前為止，還不得而知！

我正在思索間，車子已到酒店門前，停了下來，我吩咐張小娟，將車子再駛到轉角處停着，注意着出入的人客，如果見到一個胖子出來，便緊緊地跟着他，別讓他走脫，也別讓他發現。

張小娟點頭答應，我相信她一定可以勝任的。

我則走進了酒店，並不用花費多大的麻煩，我便看到了酒店住客的登記簿（我所用的辦法，讀者大可自己去猜度，包括出點錢、冒充警方人員等多種，這裏不便說明我究竟用的是哪一種辦法）。

在住客登記簿上，有五名住客，是由南美洲來的，但是其中，卻並沒有一個叫作「覺度士」的。我又用得到登記簿的同樣的方法，得知了住在六〇三套房的那位森美爾先生，就是我所要找的覺度士！

這半個小時中，我的收穫極大。我出了門口，向張小娟招了招手，張小娟走了過來，我道：「張小姐，我已發現了一個非常危險，但是又十分重要的人物，就住在這家酒店的六〇三室，我如今要去見他——」

我才講到這裏，張小娟便道：「我也要去。」

我連忙道：「張小姐，這太不適宜了，這個人，是嗜殺狂者，去與他會面，是極度危險的事情……」張小娟只是重複着四個字，道：「我也要去。」

我斷然地道：「不行！」

張小娟冷冷地道：「你憑什麼來管我的行動？」我早就知道張小娟是性格十分倔強的人，但是在這樣的情形之下，我卻絕不能放棄自己的主張。

覺度士是一個靠走私而發達的人，這一種人，是人類中的豺狼，而且覺度士到此地來，又顯然負有十分重要的任務。

在那樣的情形下，我和覺度士一見面，毫無疑問，將會有極其劇烈的鬥爭，而像張小娟那樣的千金小姐，置身於這樣的鬥爭之中，那是無論如何，都不適宜的事。

所以，我立即毫不客氣地道：「我說不行就不行，你再要固執，我就通知令尊，你弟弟失蹤的事情，我袖手不管了！」

我這一句話，果然起了作用，她狠狠地瞪了我一眼，心中顯然十分惱怒，道：「好，你以後再也別想在我口中得到些什麼！」

我將語氣放得委婉些，道：「張小姐——」

但是，我只叫了一聲，她已經轉過身去，上了那輛跑車，轉動油門，跑車像示威似地，在我的身邊，疾掠了過去！

我望着遠去的車子，聳了聳肩。張小娟的合作，對我工作的進行，有着極大的幫助。

但是，我總不能為了找尋張小龍，而將張小娟送入虎口之中，她不了解我，一怒而去，對我來說，也是絕無辦法之事。

我並沒有耽擱了多久，便轉身走進酒店去，不到五分鐘，我已在敲打着覺度士的房門了。好一會，裏面傳來了一個粗魯的聲音，講的正是那種不甚流利的英文，道：「什麼人？」那聲音使我認出正是覺度士。

我道：「先生，你的信。」

覺度士道：「從門縫下塞進來！」我道：「不行，X先生要我親手交給一位覺度士先生的。」我說的「X先生」，便是大隻古的名字。

房內傳來了一個自言自語的聲音，說的並不是英語，道：「奇怪，他怎麼知道我在這裏？」一面說，一面門已打了開來。

就在門才打開一條縫之際，我已經伸手，掏出了一柄槍來——附帶說一句，我是不喜歡帶槍的，如今，我掏出來的一柄，只不過是製作得幾可亂真的玩具左輪而已。

我肩頭用力在門上一撞，「砰」的一聲響，和覺度士的一聲怒吼，我已經進了房門，以槍對住了他，並且，關好了房門。

覺度士立即認出了我來，他面上的肥肉，不住地抖動着，面上的神色，難看到了極點，無可奈何地舉起手來，眼睛向四面望了一下，道：「你要什麼？」

我冷冷一笑，道：「首先，需要你站着不要亂動。」

他立即道：「然後，你要什麼？」

我道：「和昨天晚上，你對我的要求一樣，我問，你答！」覺度士笑了笑，態度漸漸恢復了鎮定，道：「是你問，還是我問？」

我冷冷地道：「覺度士先生，或許我會以為你的幽默很有趣——」我揚了揚手中的槍，續道：「但是它大約不會感到有趣的！」

我一面說，一面以槍管頂了頂他的肥肚腩，他眼中露出恐懼的神色。看着我手中的槍！

當時，我還十分得意，以為已經嚇倒了覺度士。可是，在十秒鐘之後，我便知道自己任由他看清我手中的槍，乃是一件極大的錯誤，因為，他立即放下了舉起的雙手，哈哈大笑起來！

當時，我實是愕然之極。事後，我才知道，覺度士是世界上有數的槍械收藏和鑑別的專家，他的藏品之豐富，堪稱世界第一，在他的藏品中，有海盜摩根曾用過的手槍，也有中國馬賊用過的步槍，不下千百種，而我卻想以一柄假槍去嚇唬他！

當下，我還不明白他是為什麼大笑起來的，厲聲喝道：「舉起手來！」

覺度士用他肥短的手指，指着我的槍，道：「就憑這孩子的玩意兒？」

我愣了一愣，覺度士倏地伸手入懷，一柄精巧已極的左輪，在他的手指上，迅速地轉着，槍口又迅速地對着我，道：「我這是真的，現在，你該拋棄你手中的玩意兒了？」我在這時，已經知道自己的把戲，被他揭穿了！

第八部

接連發生的兇殺

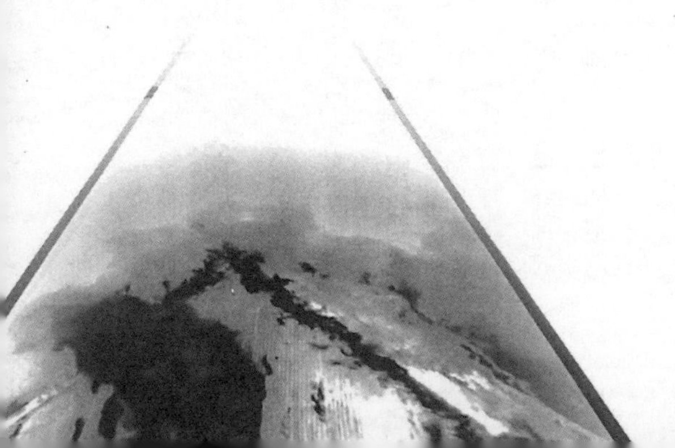

我又豈肯甘心，自己送上門來，屈居下風？在那幾秒鐘之時間中，我已有了決定，我雙手一推，道：「想不到你的眼力那麼好，我只好將它拋掉了！」我一面說，一面將假槍拋出。

我的確是將假槍拋出，但是，我拋出的假槍，卻是向覺度士的手腕，疾射而出的！在覺度士一愣之間，假槍已經擊中了他的手腕，他按動槍機，一槍射進了牆壁之中。

那柄左輪顯然是特別構造的。槍聲並不響；而且，我十分之一秒的時間，向被子彈擊中的牆壁一瞥間，已可以肯定，他這柄槍所用的，乃是最惡毒的「達姆達姆彈」！自然，就是我一拋出假槍之際，我已一躍向前，一拳向他的肥肚腩擊出。

那一拳，「砰」的擊在他的肚上，這傢伙肥大的身軀，抖動了一下，身子如龍蝦似地曲了起來，我又一招膝蓋，重重地撞在他的下頷之上！

他的身子，咚咚地退出三步，坐倒在沙發之上。

我早已趁他感覺到痛苦不堪之間，趕向前去，不但在他的手中，將那柄槍奪了過來，而且，還以極快的手法，在他的左右雙脅之下，各搜出了一柄小型的「勃朗林」手槍來！

覺度士軟癱在沙發上，喘着氣，用死魚似的眼珠望着我，我由得他先定下神來。

好一會，覺度士喘定了氣，我道：「覺度士先生，可以開始我們的『問答遊戲』了麼？」

覺度士抹了抹汗，道：「你打贏了，但是，你仍然得不到什麼。」

我冷冷地道：「你在巴西，有着龐大的財產，應該留着性命，去享受那筆財產才好！」

覺度士的面色，變得異常難看，我問道：「你來本地作什麼？」

覺度士又停了半晌，才道：「找一個人。」我道：「什麼人？」他道：「一個中國人，叫張小龍。」我問道：「你找他什麼事？」

他道：「我……我找他……」他顯然是在拖延時間，我冷然道：「覺度士先生，我相信你是再也捱不起我三拳的！」

他苦笑着，流着汗道：「據我所知，張小龍從事着一項科學研究，這一項研究工作，有着非常大的經驗價值，可以使我在巴西大有作為。」

我道：「究竟張小龍在研究的是什麼？」

他攤了攤手，道：「我也不詳細了解，我先後派了六個手下來這裏，這六個人都死在這裏了，所以，我才親自出馬的。」

我未曾料到，在我能向覺度士盤問的情形下，仍然什麼資料也得不到！

但是，我卻根本不信覺度士所知的只是這些。因為，如果只是這些的話，他又何必殺了劉森？

所以，我一聲冷笑，道：「劉森就為了這樣簡單的事，而死在你的手下，那實在是太可惜了！」我話才一講完，覺度士的面上，便出現了點點汗珠！

我立即想到，事情對我十分有利。

我可以根本不必以手槍對着他。因為，他在巴西，憑着財雄勢厚，可以任性胡為，但是在這裏，他如果被證實殺人的話，卻是天大的麻煩。

所以，我收起了槍，道：「好了，真的該輪到你講實話了，劉森的死，我有兩個目擊證人。」覺度士神經質地叫道：「不！」

我笑道：「很容易，你將真相說出來！」

覺度士肥頭之上，汗如雨下，滿面油光，他身子簌簌地抖着，我站了起來，道：「我走了！」覺度士道：「別走，我說了。」

我道：「這才是——」

可是，我只講了那麼幾個字，突然聽得身後套房的房門，「格」的一聲響，我立即回頭看去，只見房門被打開了一道縫，同時，「嗤嗤」之聲，不絕於耳，數十枚小針，一齊向前飛射而至！

我一見這等情形，心中大吃一驚，連忙臥倒在地，迅速地抓住了地氈，着地便滾，以地氈將我的身子，緊緊地裹住。

在我以極快的速度做着這一個保護自己的動作之際，我只聽得一陣腳步聲，有一個人奪門而出。但是那個人顯然不是覺度士，因為覺度士在叫了一聲之後，便已經沒有了聲息。

我聽得那人已出了門，立即身子一縮，自地氈卷中，滑了出來，也不及去看覺度士，一躍而到房門之前，拉開門來，左右一看。

可是，走廊上靜悄悄地，卻已一個人也沒有了。

我這才轉過身來，向覺度士望去。意料之中，覺度士面色發青，已經死去。他的手還遮在面上，手背上中了三枚尖刺。

我在室中，不禁呆了半晌。

我並不是怕覺度士之死，會使我遭受到警方的盤問，因為沒有人會洩露我曾查問覺度士的房間號碼。我感到駭然的，是那種奪命的毒針，已經出現過不止一次了，而且，每次出現，總有人死去，而死去的，又都是和張小龍失蹤事件有關的人。

我已經幸運地（當然是機警）逃過了兩次毒針的襲擊：一次是在郊區，張海龍的別墅後面，一次是剛才，第一流酒店的第一流地氈，阻住了毒針，救了我的性命。

但是，我能不能逃過毒針的第三次襲擊呢？

在我甚至於還未弄清楚，發射毒針的究竟是何等樣人之際，我真的難以答覆這個問題。發射毒針的那人，行動如此神秘，連我也感到防不勝防。

但如今，至少也給我剝開了一些事實的真相了。我明白，羅勃楊也好，劉森也好，覺度士也好，什麼船長也好，他們全是想要得到張小龍但是卻又得不到的失敗者，他們都死在毒針之下了。

發毒針的人，或是發針的人的主使者，才是和張小龍失蹤，有着直接關係的人！

事情到了這裏，看來似乎已開朗了許多。但實際上，卻仍是一團迷霧！

當下，我出了房門，由樓梯走了下去，悄悄出了酒店。

酒店中的命案，自然會被發現的，但那已和我沒有關係了！

我出了酒店之後，逕自到那家沖洗店去，付了我所答應的價錢，將已經印曬出來的相片取了出來，可是那一些相片，卻一點價值也沒有。它只是我家的外貌而已。

我看了一會，便放入袋中，我感到有必要，再和張小娟見一次面，因此，我截了一輛街車，向張海龍的住所而去。

我知道，在我不准張小娟和我一起見覺度士之後，這位倔強的小姐，對我一定十分惱怒，我見了她的面，一定會有一場難堪的爭論。

我在車中，設想着和張小娟見面之後，應該怎樣措詞，才能夠使得那位高傲的小姐不再生我的氣。

沒有多久，的士就在一幢十分華麗的大洋房前面，停了下來。

我下了車，抬頭望去，那幢華麗的大洋房，和張海龍的身分，十分脗合。

我走到門前，剛待按鈴，大鐵門便打了開來，一輛汽車，幾乎是疾衝而出，如果不是我身手敏捷，只怕來不及閃避，就要給那輛車子撞倒在地了！

我向旁一躍而出，只聽得那輛車子在衝出了十來碼之後，突然又傳來了一陣極其難聽的緊急煞車聲。我連忙回頭看去，只見那輛車子，正是張海龍所有的那一輛勞斯萊斯。

而這時候，車門開處，張海龍幾乎是從車中跌出來了一樣，連站也沒有站穩，便向我奔了過來。

他的這種舉動，和他的年齡、身分，都不相配到了極點！

我下意識地感到，在張海龍身上，又有了什麼重大的變故。因此，我不等他來到我的面前，就迎了上去，一把將他扶住。

只見張海龍面色灰白，不住地在喘着氣，顯然他是在神經上，遭受了極大的打擊！我將他扶住之後，連忙道：「張先生，你鎮定一些，慢慢來，事情總是有辦法的。」

其實，我根本不知道在張海龍的身上，發生了一些什麼事情。但是我的話，對任何因神經緊張而舉止失措的人，總可以起一些慰撫作用。

張海龍喘氣不像剛才那樣急促了，但他的面色，仍然灰白得很。

我柔聲道：「張老先生，什麼事情？」

他直到那時，才講得出話來，道：「衛先生，我正要找你，這可好了，糟得很，小娟……小娟……」他講到這裏，竟落下了淚來！

而他所遭到的打擊之大，也可以從他語無倫次這一點中看出來。他說「可好了」，即是因為遇到了我；他說「糟得很」，那自然是指他遇到的事情而論，而事情，可能和張小娟有關。

因為我和張小娟分手，並沒有多久，所以一時間，我還體會不到事情的嚴重性，忙道：「張老先生，我們進去再說吧。」

張海龍卻道：「不，衛先生，小娟她落在歹徒的手中了！」我不禁猛地一愣，道：「不會吧！」張海龍急得頓足，道：「你看這個，我剛收到。」

他的手顫顫地抖着，從口袋中取出了一封信來。

這時候，我開始感到事態的嚴重性了。我接過了那封信，信封上只用打字機打着張海龍的名字，信是英文寫的，也是用打字機打出的，措詞十分客氣，但在那種客氣的措詞後面，卻是兇惡的威脅。

這封信，譯成中文，是這樣的：

「張海龍先生，閣下德高望重，令人欽仰，由於閣下一生，不斷的努力，所以才在社會上取得如此之成就，閣下的生活，當為全世界人所羨慕，我們實不願意在閣下為人欽羡的生活中，為閣下添麻煩，但我們卻不得不如此做，實屬抱歉。

令嬡小娟小姐，已被我們請到，我們並不藉此向閣下作任何有關金錢之要求，我們只希望閣下將令郎的去蹤，告知我們，那麼，令嬡便會安全地歸來。不要報警，否則，會替閣下，帶來更大的不便。」

信末，並沒有署名。我反複地看了兩、三遍，張海龍一直在我身旁抹着汗。我看完了信，簡單地道：「張老先生，應該報警！」

張海龍指着那最後的一行字，道：「不！不能，小娟在他們的手中！」

我嘆了一口氣，道：「張老先生，這幾天來，我發覺令郎失蹤一事，牽涉之廣，是我從來也未曾遇到過的。到如今為止，我還是茫無頭緒，但是我可以告訴你的，則是至少已有四個人因之死亡了，其中包括因走私致富的巴西富豪和一個販賣人口的危險犯罪分子！」

張海龍的面色變得更其蒼白，道：「會不會，會不會小龍和小娟……」老人堅強的神經，這時候顯然也有點受不住打擊了！

我並沒有向他說出前兩天，張小娟那突如其來的心靈感應，感到張小龍正在一個十分痛苦的境地之中，我只是含糊地道：「怕不會吧。」

他握住了我的手，道：「衛先生，我做人第一次自己沒有了主意，我……將一切希望，都放在你的身上了，你……幫我的忙！」

我知道，這是一副沉重已極的擔子。

但是我也知道，如果，我為張海龍解決了這件事，那麼，不但對我本人，而且，對我想做的許多事（這些事，我是沒有能力去做到），也可以藉張海龍的力量而完成了。所以，我明知任務艱巨，還是點了點頭。

張海龍對我十分信任，一見我點頭，他心中便鬆了一口氣。

我彈了彈那張信紙，道：「看樣子，發這封信的人，還不知道小龍失蹤已經三年了。我首先，要去見那發信的人，但是，他卻又沒有留下聯絡的方法。」

張海龍道：「有，信是門房收下的，送信來的人說，如果有回信的話，可以送到山頂茶室去。」

我心中不禁奇怪了一下，道：「山頂茶室？那是什麼意思？」張海龍道：「我也不知道。」

我將信紙放入了信封之中，道：「我有辦法了，事不宜遲，我這就到山頂茶室去，張老先生，你最好不要驚惶失措！」

張海龍苦笑道：「一切都全靠你了！」

我也不多說什麼，上了張海龍的車子，吩咐司機，駛向山頂。不到十分鐘，我已在山頂茶座的藤椅上，坐了下來。

我要了一杯咖啡，將那封信放在桌上。信封上的張海龍的姓名向上，那表示我是張海龍派來的代表，如果送信的人，來聽取回音的話，一看就可以知道了。

我慢慢喝着咖啡，俯視着山腳下的城市。

從山頂上望下去，大輪船也成了玩具模型，自然更看不到行人，但是，城市的繁華，卻還是可以感覺得出來的。

真是難以想像，在表面上如此繁華、寧靜的都市中，暗底裏卻蘊藏着那麼多驚心動魄、各式各樣的鬥爭！

茶室中連我在內，只有四個客人。有兩個人一望而知是一雙情侶，正頭並頭，唧唧噥噥地在大談情話。那位小姐的年紀很輕，但是卻心急拼命模仿着大人，指甲着油、口紅、畫目、穿着金光閃閃的鞋子，她的身上，就是一間化妝品舖子。女人就是那麼奇怪，十五歲到十八歲，硬要說自己二十歲了，但到了三十歲，卻反倒要說自己是十九歲了。

還有一個，是一個大鬍子的外國人，他正在看一本厚厚的小說。山頂的氣氛這樣寧靜，倒的確是讀書的好環境。

我也裝出十分悠閒的樣子，慢慢地呷着咖啡。不一會，只見一個體格十分強壯，年紀很輕，面目也十分清秀的外國人，走進了茶室，他四面瀏覽了一下，眼睛停在我放在桌面的那隻信封上面。

我心中立即緊張了起來，他卻面上帶着笑容，一直來到了我的面前，老實不客氣，一拉椅子，坐了下來，道：「你好！」

他講的卻是十分純正的國語！

我欠了欠身，也道：「你好。」他向侍者一招手，道：「檸檬茶。」這一次，說的卻又是十分純正的英語。我一時之間，還猜不透他的來路，只得順手拿起那封信，在桌上敲了敲。

他卻笑了起來，道：「信是我發的，我叫霍華德。」

霍華德的直認不諱，和他面上那種看來毫無畏懼的微笑，使我覺得和他交手，要比和覺度士還要兇險。我淡然一笑，道：「我是張海龍派來的。」

霍華德點頭道：「我知道，張先生的身分，是不方便來見我的，你——」

我道：「我叫衛斯理。」我曾經好幾次企圖隱瞞姓名，但結果都未能達到目的，所以，這一次，我不再隱藏自己的身分。

霍華德一聽，不禁愣了一愣，道：「你……你就是衛斯理？」他一面說，面上一面露出了不信任的神色。

我則冷笑着，道：「如果你認為我是假冒的話，那是你的自由。」

霍華德笑了起來，雖然他竭力使自己笑得自然，但我仍可以聽出他笑聲中勉強的成分。他道：「原來衛先生是為張先生服務的！」

我道：「可以那麼說。」霍華德口中「唔唔」地答應着，看他的神情，像是正在思索着什麼，隔了一分鐘，他才欠了欠身，道：「衛先生，信中所說的，你一定也已看到了？」

我面現怒容，道：「不錯，給你用卑劣手段綁架的張小娟，如今在什麼地方？」

霍華德道：「她很好，很好，衛先生大可不必擔心。」

我冷冷地笑道：「你為什麼要知道張小龍的下落，你究竟是什麼人？」

霍華德的面上，又再度出現猶豫的神色，像是正在考慮應不應該講出他自己的身分一樣。他並沒有考慮多久，便道：「衛先生，你沒有必要了解這一點，你只要告訴我，張小龍的下落，以及你受人所託的任務，就算完成了！」

我冷笑道：「你以為這樣？」霍華德攪弄着茶杯中的檸檬，道：「正是如此。」

我一面在和他對答，一面心中，也在竭力思索着霍華德的來歷。

而我只能得出一個結論，那便是，霍華德又是注意張小龍下落的一個新方面。本來，至少已有四方面在注意張小龍的下落，那包括了我、羅勃楊、覺度士，和那射毒針的人。

如今，又增加了霍華德。而這幾方面人的真正身分，我一無所知。覺度士、羅勃楊等人，已經死了。那放毒針殺人的人，自然是最兇惡的敵人，但是我連他的影子也捕捉不到。

只有我面對着的霍華德，他在我的面前，我要弄明白他的身分，不但可以藉此弄清，注意張小龍的下落的人，究竟是為了什麼，而且，也可以早些將張小娟從他的手中救出來。

我和他互望着，像是兩頭開始搏鬥之前，互相望着、旋轉着身子的猛虎一樣。

好一會，我才道：「事情不像你所想的那樣簡單，霍華德先生！」

霍華德道：「複雜在什麼地方呢？」我冷冷地道：「首先，我不願和一個卑劣到去綁架一個毫無反抗能力的女子的人打交道，去換一個人來，換你們的首領來見我！」

霍華德面上一紅，道：「不錯，我所採取的手段，可以用卑劣兩個字來形容，但你說這位小姐沒有反抗，那倒未必！」

他一面說，一面捋起衣袖，露出小臂來，道：「你看！」我向他手臂看去，只見臂上有兩排紅印，那顯然是被咬起的，而且咬起不久。

我想像着張小娟發狠咬人的情形，心中不禁好笑。霍華德又道：「而且，在這裏，我就是首領。」

我冷笑道：「那是你們組織的大不幸！」

霍華德面上，十分惱怒，道：「你這話是什麼意思？」

我欠了欠身子，將身子盡量地靠在椅背上，道：「原來西方的道德，竟然淪落到了這種程度，扣留了一個弱女子，便是求勝的手段嗎？」

霍華德面上的怒容，已到了不可遏制的階段。

我正準備看他發作，但是剎那之間，他面上的怒容卻完全消失，而換上一副十分陰沉的面色。

我的心中，不禁為之一凜，我是存心激怒霍華德的，但是霍華德卻能夠控制自己的情緒，到了如此圓熟的地步！

一個人既然能夠這樣控制自己的情緒，那麼，可以斷定，他也必然是一個極其深謀遠慮、極具精細的人，也就是說，是一個十分棘手的對手。

怒容在他面上消失之後，他向我笑了一笑，道：「我幾乎被你激怒了。」我道：「可是你沒有！」他忽然以異樣的眼光看着我，隔了一會，又忽然道：「你真是衛斯理？真的？」

我不禁苦笑了一下。因為我曾經想隱瞞過自己的姓名，但是卻被人一見面就叫了出來；如今，我一見面就講出了自己的姓名，卻又有人不信！

我冷冷地道：「你要我呈驗身分證麼？」

霍華德「哈哈」一笑，道：「不必了，但是據我知道，衛斯理是一個傳奇性的人物，他的名字，是不可能和億萬富翁連在一起的。」

我不知道霍華德是什麼來歷，更不知道他採取這樣的方式恭維我是什麼意思，所以，我保持着十二萬分的警惕，只是冷冷地笑着。

霍華德將雙手按在桌上，道：「好，我們該言歸正傳了，張小龍先生的下落怎樣？」我道：「我已經說過了，如果你不立即釋放張小姐的話，我們只有報警處理！」霍華德突然揚起右手來！

他一揚起右手，我便陡地吃了一驚。

我立即想有所動作，但是他已經沉聲道：「別動！」

我只得聽他的話，乖乖地坐着不動。因為，霍華德的掌心，正揑着一柄十分精巧的手槍。

那種手槍，只不過兩寸來長，只可以放一發子彈，而子彈也只不過一公分長。我相信，他在將手放在桌上的時候，已經將這柄手槍，壓在手掌下了，我一時不察，竟被他將槍口對準了我！

那種槍，是專為暗殺而設計的，近距離放射，可以立即制人死命，而我如今和霍華德，只不過隔着一張桌子，因此我當然不敢亂動！

我心中一面住暗自思量着脫身之法，一面卻也暗自慶幸。霍華德用這樣的手槍作武器，那麼，他和接二連三施放毒針的人，一定沒有什麼關係了。那施放毒針的人，手段十分狠辣，我可能沒有逃生的機會，但如今，霍華德卻未必會有放槍的勇氣。

他又道：「面上維持笑容，不要有恐懼的樣子。」

他一面說，一面又將小槍，壓在掌下，手掌則平放在桌上。

我知道只要他掌心略加壓力的話，子彈便可以發射，所以我仍然不動，而且，面上也依他所言，發出了笑容，道：「好了，你要什麼？」

霍華德道：「你是什麼人，真正的姓名？」

我一聽得霍華德這樣問我，不禁倒抽了一口冷氣，原來說了半天，他仍然不相信我是衛斯理！我同時，心中也呆了一呆，暗忖他何以不信我是衛斯理？但是，我卻得不到要領。

當下，我改口道：「我姓李，叫李四，是張海龍銀行中的職員。」

霍華德的國語雖然說得十分流利，但是「張三李四」乃是實際上中國人所不會取的名字這一點，他卻不知道，竟然點了點頭，道：「這樣好多了，你回去，告訴張海龍，隱瞞他兒子的下落，對他一點好處也沒有！」

霍華德的話，如果給張海龍聽到了，他一定會大發脾氣，因為實際上，張海龍對於他兒子的失蹤，三年來可能寢食難安！

但是，卻有人以為他隱瞞了張小龍的失蹤。

霍華德又道：「你要告訴他知道，張小龍是一個十分危險的人物！」

我冷冷地道：「據我所知，張小龍是一個埋頭於科學研究的科學家。」

霍華德道：「問題就在他從事的科學研究上，他發明了——」

他講到這裏，忽然停住，不再講下去。

我本是在全神貫注地聽着他講的，見他忽然住口，心中不禁大是懊喪。但是我面上卻裝着對他的談話，絲毫不感興趣的樣子。

他停止了講話之後，對我笑了一笑，道：「所以，你要告訴張海龍和我會面的經過，叫他和我聯絡，我明日再在這裏等你！」

我在思想怎樣回答他才好，但就在這時，我見霍華德的面色，忽然一變，眼睛向一旁，望了過去，我循他所望看去，只見一個印度人，正施施然地走入茶室中來。那印度人並沒有注意霍華德，但霍華德卻轉頭去，以免被那印度人看到。

我注意了這情形，心中覺得十分奇怪，但是我卻並不出聲，只是道：「我怕你料錯了，張老先生實際上並不知道他兒子的下落。」

霍華德低聲道：「你照我的話去做就是了！」他一面說，一面站了起來，我立即用力將攪咖啡的銅匙一推，銅匙在桌上疾滑而過，「卜」的一聲，正撞在霍華德右手的手背之上！

那一下撞擊，不能說不重，霍華德五指一鬆，他握在手中的那柄槍，便「拍」的落到了地上，他連忙俯身去拾，但是我卻比他快一步！

他剛一俯身，我已經將槍搶到了手中，我手指一推，卸出了子彈，順手向外拋去，跌入了花叢之中，然後將槍還了給他，道：「先生，你跌了東西了！」

霍華德不得不伸手接過那柄手槍之際，他面上神色尷尬，實是任何文字，難以形容於萬一。他接過了手槍，好一會，才道：「好！好！」

我笑道：「不壞。不壞就是好。」

霍華德怒瞪了我一眼，匆匆離去。我本來想跟蹤他的，但是我向那印度人望了一眼之後，也便放棄了跟蹤他的念頭。

因為那印度人，望着霍華德的背影，面上露出了可怖的神色來。

當那印度人進茶室時，霍華德避不與他打照面，如今，那印度人面上，又有這樣怪異的神色，這使我毫無疑問地相信，霍華德是和那印度人相識的。

而且，看神色，他們兩人，似乎有着什麼過不去的地方，我大可以在那印度人的口中，探聽霍華德的來歷。

我目送着霍華德上了車子，疾馳而去，才走到那印度人的面前，老實不客氣地坐了下來。那印度人愣了一愣，但隨即堆下了笑容，道：「哪一個走私者又要倒楣了？和我可沒有關係了！」

那印度人的話，來得沒頭沒腦，更聽得我莫名其妙！霎時之間，我幾乎疑心那印度人神經錯亂，在發着囈語哩！

但是，我轉念一想，卻覺得那印度人的話中，似乎隱藏着什麼事實，因此便沉聲道：「和你無關？」

那印度人忙道：「自然，我現在是正當的商人，開設一間綢緞舖！」

我冷笑道：「以前呢？」

那印度人尷尬地笑了一下，道：「以前，你自然是知道的了，我曾參加運黃金到印度的工作……」

我心中不禁暗暗好笑，想不到我在無意中，遇到了一個黃金私梟。走私黃金到印度，是走私業中，僅次於走私海洛英進美國的好買賣。

可是，我心中不禁又產生了疑問。眼前的印度人曾是黃金私梟，那麼，霍華德是什麼人呢？

我正是思索着，那印度人已經道：「如今我不幹了，我要是再幹，霍華德先生，他肯放過我麼？」

我俯身向前，低聲道：「他是什麼人？」

印度人面上，露出了極其訝異的神色說：「早一年，他是國際緝私部隊的一個負責人，如今，聽說他已調任國際警方擔任一個——」

那印度人講到此處，猛地醒悟，立即住口，道：「你和他在一起如何不知道他的身分？」

我向他一笑，道：「如今我知道了，謝謝你！」

第九部

明白事情的嚴重性

那印度人目瞪口呆，而我已離開了，結帳之後，先和張海龍通了一個電話。在電話中，我向張海龍鄭重保證，他的女兒，絕對不會有什麼意外！

霍華德原來是國際警方的高級人員，剛才，我和他相會的那一幕，簡直像是在做戲一樣。看情形，他來這裏，是準備來找我的，因為他一聽得我的名字，就奇怪一下。而他不相信我自報的姓名，那也是情有可原之事，說不定他心中還在暗笑我冒他人之名，被他一識就穿哩。

我又打了一個電話到家中，問老蔡是不是有人來找過我。老蔡的回答，在我意料之中，我一離家，霍華德便找過我，約定下午四時再來。

我離開了山頂回家去。

在回家途中，我更感到這件事情的嚴重性。因為，如果不是事情嚴重，怎會使國際警方，派出了曾經破獲印度黃金大走私的幹員，來到這裏？

而霍華德扣留張小娟，當然是一個錯誤，他為什麼會犯這個錯誤的，我不詳細，但是他既然來找過我，當然是要我和他合作，我和他在另一個方式下見面之後，我盡可以問他的。

我到了家，看看時間，是三點五十分。我在書房中坐了下來。吩咐有客人來，帶他進來。三點五十九分，我聽到門鈴聲，兩分鐘後，老蔡推開了書房的門，霍華德站在門口。

我轉過身去，和他打了個照面，霍華德的面色，陡地一變，但是他立即恢復鎮定，道：「衛斯理先生？」

我道：「是的，你現在相信了麼？」

他道：「相信了，請原諒我打擾，我要走了。」

我連忙站了起來，道：「你來這裏，沒有事麼？」

他攤了攤手，道：「有事？」我哈哈一笑，道：「關於小龍失蹤的事，你要來找我，和我合作，是不是？」

霍華德對於我知道他來此的目的這一點，毫不掩飾地表示了他的訝異。他道：「本來是，但現在不了。」

我笑了一笑，道：「你且坐下，你的身分，我已經知道了。」

霍華德聳肩道：「那沒有什麼秘密。」

我笑道：「但是你卻不想被別人知道，因為你的任務，十分秘密。」

霍華德揚了揚手，道：「再見了。」

我立即道：「大可不必，這其間，有着誤會。」

霍華德道：「並沒有什麼誤會，你在為張海龍辦事，不是麼？」

我道：「是，但是你可知道，我是在代張海龍尋找他已經失蹤了三年的兒子？」

霍華德猛地一愣，面上露出了不信的神色。我立即伸手，在他肩頭上，拍了兩下，道：「你不必再隱瞞，我幾乎什麼都知道了，你在國際警察部隊中服務，奉派來此地，是為了調查張小龍失蹤的事，在你出發之前，你一定曾得到上峰的指示，來到此地之後，前來找我協助，是不是？」

霍華德的面色，十分難看，道：「你說得對，但是我卻發現，我的上司錯了，你和張海龍站在一起，因此不能予我們以任何協助！」

我立即道：「這就是誤會了——為什麼國際警方，對張海龍這樣厭惡？」

霍華德冷笑一聲，道：「你想從我的口中，套出國際警察部隊所掌握的最機密的資料麼？」

一聽得霍華德如此說法，我不禁呆了一呆。

剎那之間，在我心頭，又問起無數問題來：張海龍為什麼會引起國際警方對他的厭惡？國際警方掌握了他的什麼資料？會不會張海龍委託我尋找他的兒子，只是在利用我？張海龍在這件事中，究竟是在扮演着什麼樣的角色？

種種問題，在我腦中盤旋着，令得我一時之間，拿不定主意。

霍華德面對着我，向後退去，道：「衛先生，我會將我們相會的經過情形，詳細報告我的上司——我相信你知道他是誰的。」

我點頭道：「不錯，我認識他，我和他合作過。」

霍華德道：「這就是了，再見！」

我連忙站了起來，道：「慢！」

霍華德站定在門口，一隻手插在褲袋之中，道：「還有什麼事？」

我手指輕輕地敲着書桌，在尋思着應該怎樣地措詞。霍華德是一個十分精明能幹的人，我如果能和他合作，一定對事情的進行，大有幫助。

但是他卻和所有精明能幹的人一樣，有一個通病：不相信別人，只相信自己。

霍華德既然認定了我對他含有敵意，要使他改變這個觀念，那絕不是容易的事！

我想了想，盡量將語氣放得友好，道：「如果我們能攜手合作，那麼一定會早日使得事情水落石出的。」

霍華德斬釘截鐵地道：「不能！」

他一面說，一面退出了門口，像是怕我追截他一樣，手一出門，立即用力一帶門，想將門關上，但就在門迅速地合着，尚未關上之際，我已一個箭步，躍了上去，將門把握住，站在他的面前，道：「那麼，張小娟呢？」

霍華德沉聲道：「只要張海龍肯將兒子的下落說出來，張小娟便可自由，你要知道，國際警方有時不能公開地執行任務，因此逼得要施用特殊的手段！」

他大概為了怕我再罵他，所以將這件事自己解釋了一番。

我既已知道張小娟是為霍華德所扣留，便知道她的安危，絕無問題，讓這位倔強的小姐，失去了幾天自由，只怕也未嘗不是好事。

但是，我對於霍華德固執地認為張海龍知道他兒子的下落這一點，卻覺得十分生氣，因此便道：「那麼，只怕張小娟要在國際警察總部結婚生子，以至終於生了！這是漫長的等待！」

霍華德不理會我的諷刺，向後退去，甚至在下樓梯的時候，他也是面對着我，他的身手也十分矯捷，倒退着走路。就像是背後生看眼睛一樣，十分迅速，顯然是曾經受過嚴格的訓練之故，不一會他便出了大門。

我嘆了一口氣，回到了房中，坐了下來。

事情不但沒有解決，而且愈來愈複雜。因為本來，至少張海龍本身，是絕對不用在被考慮之列的，但如今，卻連張海龍也難以相信了。

這位銀行家、實業家，在社會上如此有地位的人，他究竟有什麼秘密，為國際警方所掌握了呢？這件事，要從國際警方方面查知，幾乎是沒有可能的。因為，要盜竊國際警方的秘密檔案，那比盜竊美國的國家金庫還要難得多！

當然最簡捷的方法，是向張海龍本人直言詢問，如果他當真有着什麼不可告人的秘密的話，那我必須弄明白，我不能因為好奇、同情，而結果卻被人利用！

我又將我和張海龍結識的全部經過，仔細地回想了一遍。我得出了一個結論，如果張海龍是知道他兒子的下落，而故意利用我的話，那麼，他堪稱是世界上最好的演員了！

因為，在每提及他兒子失蹤的事情時，他的激動、傷悲，全是那麼地自然和真摯！

我相信國際警方，一定對他有着什麼誤會。所以，我只是打了一個電話再次告訴他，張小娟一定可以平安歸來。

張海龍的話，仍然顯得他心中十分不安，對於這樣一個已深受打擊的老人，我實是不忍再去追問他有着什麼秘密！

這一天的其餘時間，我並沒有再出去，只是在沉思着，尋找着什麼可供追尋的線索，我想到了那兩個特瓦族人，準備到張海龍的別墅的附近去尋找他們。

我一直想到晚上十一時，電話響了起來，我抓起了話筒，耳機中傳來了許多莫名其妙的聲音之後，忽然傳出了紅紅的聲音，叫道：「表哥！表哥！」

我連忙道：「是，紅紅，你可是接到我的電報了麼？」

我不得不驚歎這個世界的科學成就，我和紅紅兩人，遠隔重洋，她那邊是白天，我這裏是黑夜，但是我們卻可以通話！

紅紅道：「是啊，而且，我去調查過了！」

我十分興奮，道：「調查的結果怎麼樣，快說！」

紅紅的聲音模糊了片刻，我未曾聽清楚其中的一兩句，但在我的一再詢問下，我明白了經過：張小龍在他的畢業論文中，提出了一個生物學上前所未有的理論，但被視為荒謬。最要緊的，自然是張小龍提出來的理論，究竟是什麼。

但在這一點上，我卻失望了。

因為，紅紅告訴我，審閱畢業論文，只是幾個教授的事，而且，畢業論文在未公開發表之前，是被保守秘密的。

而張小龍在撰寫畢業論文之際，又絕不肯讓任何人知道內容，所以，當畢業論文沒有發表之前，只有七個教授，知道張小龍所提出的新理論。

更不幸的是：這七位生物學教授，在三年來，都陸續死於意外了！

七個人一起「死於意外」，這自然不免太巧。這使我相信，一定有一個極有力量的組織，在竭力地使張小龍的理論，不為世人所知。

這個組織之有力量，是可想而知的，因為它不但能使覺度士等人，在這裏「意外死亡」，也可以使知道內容的教授，在美國「意外死亡」！

如今，我所面對着的，就是這樣一個以恐怖手段為家常便飯的組織。

而更要命的是：這個組織之龐大，該是意料中的事，可是我直到如今，竟連這個龐大組織的邊緣，都未曾碰到過！我在黑暗中摸索，但敵人的探照燈，卻隨時隨地地照射着我，這實在是力量懸殊、太不公正的鬥爭了！

我聽完了紅紅的電話，回到了臥室中，破天荒第一次，我小心地關了所有的窗戶，又檢視了房間中一切可以隱藏人的地方，直到我認為安全了，才懷着極大的警覺心而睡去。

一夜中，倒並沒有發生什麼變故。早上，我一早就起了身。

我在曬台上，作例行的功夫練習之際，看到一輛汽車，在我家的門口，停了下來，而從車子上跨下來的人，卻是霍華德。

我居高臨下地看着他進了我的家門，心中不禁十分奇怪，因為從霍華德昨天離去時候的神情來看，他似乎是不會再來的。

我連忙披上晨褸，走下了曬台，只見霍華德已經站在客廳中了。

他的神情十分憔悴，顯見他昨天晚上，並沒有好睡。我一直下了樓梯，道：「歡迎你再來。」

霍華德仍然站着，道：「我接到了一個命令，但是我卻考慮，是不是應該接受。」

我笑了笑，道：「考慮了一夜？你其實早該來找我了！」

霍華德直視着我，雖然他的眼中有着紅絲，但仍然十分有神，他望了我片刻，才道：「我的上司，給了我一個指示，叫我要不顧一切，拋棄一切成見相信你，邀得你的合作。」

我也直視着他道：「我不敢為自己吹噓，但是我相信，這是一個十分英明的指令。」

他聳了聳肩，伸出了手來，道：「好吧。」

我也伸出了手，但是卻不去握他的手，而是攤開了手掌，道：「拿來！」

霍華德大是愕然，道：「拿什麼來？」

我笑道：「你的證件，直到如今，我還只是從他人的口中，知道你的身分的，我相信事情十分重大，因此不得不小心些！」

他也笑了出來，將他的證件遞了給我。國際警方人員的證件，從表面上看來，和普通證件沒有什麼不同，但是其中有幾處地方，卻是一個秘密，而且是絕對沒有法子仿製的。我看了看，證明他的確是國際警方的要員之後，才將證件，還了給他。我將證件還了給他之後，便和他握手，第一句話便道：「你既然為張小龍的事情而來，那你就要時刻小心你的性命！」

霍華德似乎不信，我一面吩咐老蔡煮咖啡，一面邀他到樓上我的書房中，將我從年三十晚，遇到張海龍起，直到今日為止，這四、五天中的情形，向霍華德詳詳細細地說了一遍。因為我看出，霍華德對於和我合作一事，多少還有點勉強，因此，我在說着我自己的經歷之際，毫無保留，不但將事實的經過說出，而且，還提出了我自己的種種看法來。

霍華德在我敘述的整個過程中，都聚精會神地聽着，兩個多小時的談話，他只講了兩句話。一句是當我說到我進了張小龍的實驗室，看到有一頭美洲黑豹，正在津津有味地嚼着青草時，霍華德用力一拍大腿，道：「他竟成功了！」第二次，是當我說到，我曾親眼看到「妖火」之際，他：「你會不會眼花？」

在我肯定了我絕不是眼花之後，他也沒有再問下去。

我講完之後，他再一次和我握手。上一次，他握手握得不大起勁，但這一次，他卻緊緊地握着我的手，道：「真不錯，的確應該和你合作，我先叫他們恢復張小娟的自由。」

我道：「對的，但是切莫讓張小娟知道你們的身分。」

霍華德打了一個電話之後，坐了下來，道：「你分析得不錯，不但知道張小龍新理論的秘密的人，會神秘地喪生，便是想知道秘密的人，也往往得不到好結果！」

我道：「那麼，國際警方是不是掌握了這個秘密了呢？」

霍華德站了起來，向窗口看去，窗外並沒有什麼可疑的人，霍華德道：「不知道，國際警方一直在設法探索這一個秘密。」可是，他一面口中如此說着，一面卻在一張白紙上寫着。

霍華德這樣寫道：「國際警方知道這個秘密，是因為有一位生物教授，在一次人為的汽車失事之後，仍活了半小時，在這半個小時中說出來的！」

我見霍華德的行動，如此小心，也不免大為緊張起來。

霍華德的小心，絕不算過分，因為偷聽器的進展，已使到偷聽的人，只要持有最新的偷聽器，便可以在三十公尺之外，偷聽到他所要聽的話！

因此我立即道：「那麼，國際警方的工作，未免做得太差了！」

我也是一面說，一面寫道：「究竟是什麼？」

霍華德道：「你要知道，歹徒的方法，是愈來愈精明了！」

他一面說，一面則在紙上寫道：「這是幾乎令人難以相信的事，一個中國留學生，在他的研究中，提出了一種可以改造全部動物的新理論，他認為人類目前，對動物內分泌的研究，還是一片空白。」

他寫到這裏，抬頭向我望了一望，又講了幾句不相干的話。

然後，他繼續寫道：「而他又認為，內分泌是可以控制的，而控制了內分泌，便可以去改變一切動物的遺傳習性！」

我也一樣講着不相干的話，寫道：「那麼，這又代表了什麼呢？」

霍華德繼續寫道：「這關係實在太大了，如果張小龍的理論，只是幻想的話，那還不成問題，但是，他的理論，經過實驗之後，卻已成功了！」

我仍然不十分明白，寫道：「那又怎麼樣？」

霍華德寫道：「你難道不明白，這件事可以使得整個人類的歷史起改變麼？」

我心中一動，望着霍華德，霍華德寫道：「你已經看到，他可以使最殘忍的美洲黑豹，變成馴服的食草獸——」

他才寫到這裏，我已經失聲驚呼起來，道：「你是說，他的發明，也可以改變人？」

霍華德「噓」的一聲，又向窗外看了看。

我明知自己的行動是太不小心，但是，我實在是沒有法子掩飾我心中的驚駭，我要大叫大嚷，逢人便說，才能使我駭然的心情，稍為平靜下來。

如今，我已經明白整個事情的嚴重性了。

的確如霍華德所說，張小龍的發明，如果為野心家所掌握的話，那麼，人類發展的歷史，從此以後，的確會不同了！

因為，張小龍既然能將美洲豹改為食草獸，將幾萬年來，動物的遺傳習慣改變，那麼，自然也可以使人的性格，大大地改變，可以使人成為具有美洲豹般的殘忍性格，也可以使人像牛一樣，為另一些人所役使。

這簡直是不可想像的事情！

當我初受張海龍委託，尋找他兒子的下落之際，我實是萬萬未曾想到事情竟是那樣的重大！而我一生之中，實是從來也未曾面對過這樣的大事！

我呆了很久，和霍華德默默相對。

好一會，霍華德才低聲道：「你明白了麼？」

我點了點頭，舒了一口氣，道：「我明白了。」

霍華德將聲音壓得最低最低，道：「我們如今掌握的資料還十分少，但我們知道張小龍已在一批人的掌握之中。」

我想了一想，道：「那麼，你們為什麼會對張海龍懷疑呢？」

霍華德又繼續拿起筆來，寫道：「這個大陰謀發動的地方，最適宜的是巴西，巴西地大，沒有人注意，可以將大批人，變成和野獸一樣，供一批野心家來用，作為併吞世界之用。」

我道：「那麼張海龍——」

霍華德寫道：「張海龍在巴西最荒蕪的地區，擁有大批地產，這些地方，甚至在地圖上，也還是空白的，他以極低廉的代價，向巴西政府購得這批地產的。」

我又呆了半晌，道：「那也不一定能證明張海龍是這批野心家的主使人。」

霍華德道：「不錯，但我們也是懷疑他。如今，知道這件事的人，已經頗為不少了。但是幾年來，我們留心注意的結果，凡是知道這件事的人，幾乎都死亡殆盡了！」

他講到此處，頓了一頓，道：「而且，這些人都死得十分神秘，是周密的謀殺，國際警方一點線索也沒有。」

我道：「所以，我和你，都十分危險！」霍華德道：「是的。神秘的謀殺，起先是在美國展開的，後來，移到了南美，最近，已轉移到這裏來了。」

我道：「別的，我也所得不多，但是我卻幾乎可以肯定地説，張海龍不會是我們想像的野心家之首，他只是一個失去了兒子的老人。我相信如今，他寧願自己兒子是一個庸人，而不願意他自己兒子是一個可以改變人類歷史的科學家！」

霍華德嘆了一口氣，道：「衛先生，國際警方擔心，如果野心家能以不為人知的方法，使得幾個大國的高級軍事人員，或是原子科學家，變得供他們役使的話，那麼，你想世界上將要出現什麼樣的情形！」

我面上不禁變色，道：「只怕不能吧！」

霍華德道：「能的。張小龍在學校時，已經將一頭小虎的內分泌液，注入一頭小兔的身中，而令得那頭小兔，具有虎的性格。你知道，動物之中，有一些是特別馴服的，是有供人役使的天性的，如象、牛、駱駝等，你想，這是完全沒有可能的事麼？」

我又呆了半晌，在這樣的情形下，我實在是一句話也說不上來！

這實是太可怕了，人類的科學，發展到這樣一個程度，以致使科學可以毀滅人類！人們常常譏笑蠶兒作繭自縛，但蠶兒作繭之後，還能破繭而出，使生命得到延續，而人類在探索科學的真諦之後，卻發展成為徹底的將自己毀滅。

誰說人是萬物之靈呢？

霍華德見我半晌不出聲，像是也知道我在想些什麼一樣，他也輕輕地嘆着氣，好一會，他才握住了我的手，道：「我們必須阻止這件事！」

我搖了搖頭，道：「只怕我們兩個人，並沒有這樣的力量。」

霍華德道：「不，不僅是我們兩個人，也不但是國際警方，幾個大國的最高當局，也已經知道了這件事，都向國際警方保證全力協助。」

我仍搖着頭，道：「問題不在這一方面。我是說，這件事的唯一線索，要在本地尋找，找到了一個頭之後，我們便可以一路追循下去，但是如今，我們卻根本找不到這個頭！」

霍華德望着我，面上露出茫然的神色。

我續道：「我相信，事實是直到如今，才到了最嚴重的階段。因為張小龍失蹤三年，野心家可能什麼也沒有得到，我相信，野心家甚至沒有向張小龍露出他們的本來面目，張小龍也一直以為自己是在一個平靜的環境中工作而已。」

霍華德反問道：「你有什麼根據？」

我道：「我根據他姊姊的心靈感應。」

霍華德點了點頭。我又道：「但是最近，他姊姊有了不同的心理感應，而且，我相信，我在他實驗室中找到的那一批文件，正是張小龍的心血結晶，是野心家所一直未曾尋獲的——」

霍華德面色遽變，道：「你是說，這批文件已落到了野心家的手中？」

我道：「大有可能，而且更有可能，野心家在掌握了這一批文件之後，已經傷害了張小龍，因為張小龍的全部工作，都記錄在這批文件上了！」

霍華德沉默半晌，道：「衛先生，我們無論如何，要追出一個頭緒來。」

我拿起筆來，寫道：「我們唯一的辦法，便是將自己作餌。」

霍華德以懷疑的目光望着我，我續寫道：「野心家要害死所有知道這件事的人，以便他們的陰謀，在最秘密的情形下得以完成，我們兩個人知道這個秘密，他們一定不會放過我們——」

我只寫到這裏，霍華德便點了點頭，表示他心中已明白了。

我的意思是，他們既然會來害我們，那我們就在有人來害的時候，捉住活口，以追查線索。

霍華德並不再停留下去，道：「我們再通消息。」

我握了握他的手，道：「祝你平安！」

他苦笑了一下，道：「希望你也是。」

我們兩個人，都明白自己此際的處境，所以才會相互這樣地祝福對方！

霍華德走了之後，我仍將自己關在書房中。

如今，我已明白，所有已死的人，都只不過是因為知道了這個秘密的犧牲者。兇手、野心家，自然是放毒針的人了。

霍華德懷疑野心家以巴西為基地，這並不是沒有可能的事。

至少，我們可以肯定地說，基地在南美。

我和霍華德，像是兩個在等死的人，但是我們卻不甘心死，而要在死亡的邊緣，伺機反撲。

如今，我根本沒有辦法訂定行動的方針，因為我們根本不知會發生什麼事！我在書房中呆坐了很久，才接到張小娟的電話。

張小娟的電話十分簡單，只是一句話，她說：「你在家中等我，我立即就來看你！」她不等我警告她，接近我的住所乃是一件極其危險的事情，便「嗒」的一聲，掛斷了電話。

我沒有辦法，只好坐在家中等她。

約莫十五分鐘之後，我聽得門鈴聲和老蔡的開門聲，同時聽得老蔡問道：「小姐，你找誰？」

我將書房門打開了一些，向下面大叫道：「老蔡，請張小姐上來！」

老蔡答應了一聲，接着我便聽得高跟鞋上樓梯的「咯咯」聲。

我並沒有起身，因為我心中正在想，張小娟來得那麼急，不知是為了什麼？

我只是在書房門被推開時，才在轉椅中轉過身來。一轉過身，便有一股濃烈的香味，鑽進了我的鼻孔，我首先為之一愣。

因為我和張小娟在一起許多次，從來也未曾覺察過她曾用過什麼化妝品，如今，她應該從霍華德扣押下釋放，更不應該搽着發出那麼濃香的香水來。

就在那不到半秒鐘的時間內，我已經知道事情有什麼不對頭的地方了！

果然，當我抬起頭來的時候，我看到了兩件意料之外的東西，那兩件東西，一件可愛之極，而另一件，則可怕之極。

那可愛的，乃是一張宜嗔宜喜、吹彈得破、白裏透紅的美人臉寵，當然，不止是臉兒美麗，水蛇般的身材，也使人一見便想入非非。

然而，大煞風景的是，就只那樣一個罕見的美麗的女子，手中卻持着一柄殺傷性能最大、德國製點四五口徑的手槍。而且，槍口對準了我！

我猛地一震，但立即恢復鎮靜。

我使自己的眼光，留在她美麗的臉龐上，這的確是一個罕見的美女，我甚至不得不承認，她的美麗，在我所愛着的白素之上。

她看來像東方人，但是卻又有西方人的情調，我肯定她是混血兒。

那女子一進來之後，嘴角還帶着微笑，她雖然穿着高跟鞋，而且，像在邁亞美海灘競選世界小姐似地站着，但是從她握槍的姿態來看，一望而知，她是受過極其嚴格訓練的人！

第十部

再度失手

我不出聲，只是望着她，她四面一望，以純正的英語道：「遊戲結束了！」

我猛地一愣，面色也不禁為之一變，但是她卻「格格」一笑，道：「原來大名鼎鼎的衛斯理竟經不起一嚇，有人要見你，你跟我走吧。」

我竭力使自己僵硬的面部肌肉，現出一個笑容來。但是我深信，我現出來的那個笑容，一定難看到了極點，因為在那女子的面上，我發現了一個女人看到了死老鼠似的神情。

我吸了一口氣，道：「到什麼地方去？」

她笑了笑，道：「多嘴的人什麼也得不到，反倒是沉默可以了解一切。」

她說的是一句諺語，我立即想起，這樣的諺語，流行在南美州一帶，難怪這個女子有着東西方混合的美麗，原來她也是來自南美的。

我在槍口的威脅下，不得不站了起來。

而我一站起，她便向後退了開去，和我保持了一定的距離。本來，我的確是想趁站起身來的機會，向她撲了過去的。

但是她的動作這樣機警，倒也令得我不敢輕易嘗試。那女子吩咐道：「你走在前面，裝出若無其事的樣子來，為了性命，我相信你會成為一個好演員的。」

我轉過身去，走到書房的門口。

在那兩步路中，我心念電轉，不知想了多少念頭，我決定來到樓梯口，便開始逃脫她的掌握。當然，我不會沿着樓梯滾下去那樣笨，因為如果這樣做的話，不等我滾到了一半，我就沒命了。

我之所以有把握一到樓梯口就能逃脫，那是因為我平日的生活，頗多冒險之處，所以，就在樓梯口上，我自己設計，弄了一道活門。

那扇活門上，平時鋪着一小方地氈，根本看不出來，按鈕就在樓梯的扶手上，一按之下，活門打開，我人便可以跌下去，落在地窖中。

當然，跌下四公尺，並不是什麼好玩的事情，但卻比被一個美麗的女子用槍指住好得多了。

我因為有了逃脱的把握，所以心情也輕鬆了起來，心中暗忖，不知道為什麼，在驚險偵探小説中，美麗的女子，總和手槍有着不可分隔的關係，如今才知道事實上的確有這樣的情形。

我計劃得很好，如果不是那一陣驚心動魄的門鈴聲，五秒鐘之後，我已經可以置身地窖之中，從後門逃出去了！

那一陣電鈴聲，使得我和那女子，都停了下來，那女子一側身，便到了門後，沉聲道：「要知道，我仍然在你的背後，別動！」

我心中不禁暗暗叫苦。

因為這一次在按門鈴的，一定是張小娟了！我只得呆呆地站着不動，老蔡走到了門前，將門打開來，張小娟幾乎是衝了進來。

我連忙道：「張小姐！」張小娟抬起頭來，面上滿是怒容地望着我，道：「好，好！」她一連説了兩個「好」字，也不知道她是什麼意思，便「蹬蹬蹬」地走了上來。

我身後的那個女子道：「請她進來，不要讓她知道在你身後有人！」

在那片刻之間，我也沒有善策，只得眼看張小娟來到了我的面前。張小娟在我面前站定，雙手插腰，叫道：「衛斯理！」

我應道：「有！」張小娟「哼」的一聲，道：「我問你，你為什麼派人將我押了起來？」

我不禁一愣，道：「小姐，這話從何說起？」

張小娟冷笑道：「若不是你做的好事，何以你在我失蹤期間，敢以如此肯定地向我父親保證，我能夠安全歸來？」

我連忙道：「張小姐，這事情說來話長，你還是快回去吧，再遲，便要有麻煩了！」

張小娟面色一沉，道：「我不走，我要你承認，一切壞事，全是你的主使！」

我大聲道：「你再在這兒無理取鬧，我可不客氣了，滾！」

我一面說，一面手向樓梯下一指，我只求張小姐快快離去，免遭毒手，至於會不會因此而得罪她，那我卻也顧不得了！

張小娟冷笑了一聲，道：「你這個無賴——」她罵了我一句，頓了一頓，胸口急速地起伏着，顯得她的心中十分憤怒。

我相信，她罵我是「無賴」，可能是她一生之中所說最粗暴的話了。

頓了一頓之後，她續道：「你想這樣子就將我支走，可沒有那麼容易，我有話要和你說！」我心中實是急到了極點！張小娟不知好歹地在發小姐脾氣，但是在我的書房中，卻有一個最危險的人物，以槍口對準着我。我想了一想，老實不客氣，一伸手，便已經握住了她的手臂。

大概是我當時所現出來的神情，實在太過兇狠了吧，所以張小娟臉都白了，她掙扎着，道：「你……你要幹什麼？」

事情已到了這一地步，實在已沒有我多作考慮的餘地，我用力一扯，將張小娟扯近我的身子來，張小娟更是大驚失色，但是我隨即一鬆手，向前輕輕地推了一推，張小娟踉蹌跌出，差點滾下樓梯去，我「哈哈」大笑，道：「快滾吧！」

張小娟勉力站定了身子，她面上所現出的那種被侮辱之後的憤怒的神情，表示出她如果有能力的話，簡直會將我活吞下去！

她望了我約有半分鐘，我只覺得這半分鐘不知有多長，這才聽得她狠狠地道：「好，我們以後，再也不能合作了，你休想得到你想要的東西！」

正當我在想着，張小娟這最後一句話是什麼意思之際，張小娟已一個轉身，幾乎像衝下去一樣，衝出了我的大門。

我這才鬆了一口氣，立即聽得背後傳來一聲嬌笑，道：「這樣對付一個美麗小姐，不是太過分些了麼？」我回過頭去，先看到那可怕的槍管，再見到那美麗的臉龐，我笑道：「等一會我對付你的時候，你才知道什麼叫做過分！」

那女子柳眉一揚，作了一個十分調皮的表情，道：「是麼？」

我不再多說什麼，只是道：「我們怎麼樣？」

那女子道：「還是一樣，走。」我聳了聳肩，向前走去，那女子跟在後面。

我來到了樓梯口，略停了一停，伸手按在樓梯的扶手上，轉過頭來。我一轉過頭，那女子便極警覺地向後退出了兩步，我正是要她後退，我右手立即按在那個暗掣上，樓板一鬆，我已向下落去！

在我向下落去之際，我聽到那女子發出一聲驚叫！

我心中暗暗好笑，身子一縮，已經落在一堆不知什麼雜物上面。那暗門自從做好以來，還是第一次使用，我心中在暗忖，在地窖中應該張一張網，那麼便不會落在雜物的上面，像如今那樣，將自己的背脊碰得十分疼痛了。

我一躍而起，在黑暗中想像着那女子在發現我突然墮下時的驚訝的神態，忍不住笑出聲來。我不是自負，但什麼人要將我制住，那倒也不是容易的事！

我一面想着，一面走到電燈開關前面，將燈打了開來。我本來是準備打開了燈後，立即從地窖的門，走到街上去，等候那女子出門來，再將那女子制住的。

但是，在電燈一着之後，我不禁倒抽了一口冷氣！只見四個滿面橫肉的漢子，正冷冷地望着我，我立即要有所動作，而其中的一個道：「聰明點，別動！」

我聽了他的話，因為我不是蠢人：那四個大漢子的手中，都有着殺傷力極強的德國軍用手槍。

那個向我講話的大漢一側頭，向另一個道：「去看看，上面發生了什麼事？」一個大漢應聲由後門走了出去，不一會，便和那女子一起走了進來。那女子直向我的面，滿面怒容，來到了我的面前，纖手一揚，便向我的面上摑來，我一伸手，握住了她的手腕，但是她的動作極快，左手立即又揚了起來，我連忙一側首，面上仍是被她打了一下。

她厲聲道：「放開我！」

我向那四個虎視眈眈的大漢望了一眼，手一鬆，將那女子放了開來，那女子退後了幾步，惡狠狠地道：「你會嘗到戲弄我的後果的。」

我笑道：「我準備着。」

那女子又惡狠狠地望了我一眼，道：「我們走！」那四個大漢，一齊答應了一聲，都站了起來。那女子喝道：「還不走麼？」

我彎了彎腰，道：「小姐先請！」

那女子揚了揚手槍，道：「你不走麼？」

我盡量地使自己的態度輕鬆，以求尋找機會逃走，可是看來，那沒有什麼希望，我只好等到了他們要我去的目的地再說了。

我走出了門，那女子和四個大漢，跟在後面，只見後門停着一輛十分華麗的車子，從車上，又躍下了兩個大漢來，一共是七個人，將我擁上了車子，那個女子就緊緊地靠着我而坐，車窗上被拉上了布簾，車子向前，飛馳而去！

我笑道：「小姐，我們這樣坐法，應該是十分親密的朋友了，但是我還不知小姐的名字啦。」

坐在前面的一個大漢冷冷地道：「衛斯理，你如果想多吃苦頭，便多得罪莎芭。要是不想多吃苦頭，還是閉上你的鳥嘴！」

我若無其事，絲毫不理會那大漢的威脅，道：「原來是莎芭小姐，失敬失敬。」我一面說，一面故作輕佻地用手肘去碰碰她柔軟的腰部，她憤怒地轉過頭來望我，我卻以閃電的動作，在她的櫻唇上，「嘖」的一聲，偷吻了一下！

我看到我的動作，令得車中的幾個大漢的面色，為之大變。

莎芭眼中，射出了火一樣的光芒，她望了我一會，才以葡萄牙語道：「你們看到發生了什麼事情沒有？」

那六個大漢齊聲道：「沒有，我們什麼也沒有看到。」

莎芭道：「說得對，這個人，我要留着，慢慢地，由我自己來收拾他。」

她在說那兩句話的時候，面上的神情，像是一條眼鏡蛇在盤旋一樣。我聽得他們以葡萄牙語來交談，便可以肯定，他們是來自巴西的了。

我見到那幾個大漢對待莎芭的那種戰戰兢兢的神色，也知道莎芭不僅是以她的美麗脅服着眾人的，她在她的那個集團中，一定還有着極高的地位。

我仍然保持着輕鬆的態度，不斷地取笑着，大膽地挨靠着莎芭的身子。莎芭則一聲不出。車子駛了約莫半個小時，才停了下來。

莎芭和那幾個大漢，又將我擁出了車子。

我出了車子一看，只見車子是停在一個十分僻靜的海灘上，有一艘快艇，正泊在海邊，莎芭直到這時，才又開口道：「上艇去。」

我笑着道：「要放逐我麼？」莎芭並不出聲，我向艇走去，到了水邊，我一躍上艇，但是我卻並不落腳在艇上，而是落在小艇尾部的馬達上。

在落腳之際，我用力重重地一踏，我聽得馬達的內部，發出了「格」的一聲。我那一踏，力道十分大，那格的一聲，無疑地是說，馬達的內部已經有了損壞，那也正是我的目的。

我立即身形一縮，到了艇身中。這次，我真的不是自負了，我相信我的破壞行動，未曾為他們發現。

那六個大漢陸續上艇來，小艇擠得很，莎芭則在船首，不再靠着我。一個大漢，用力發動着馬達，但是他足足花了十來分鐘，馬達仍是不動。

莎芭不耐煩道：「蠢才，怎麼回事？」

海邊的風很大，天氣很冷，但是那大漢卻滿面大汗，道：「壞了！」莎芭愣了一愣，立即向我望來，我卻若無其事地望着海面。

我心中十分佩服莎芭立即想到是我破壞了馬達。我在想，我是不是應該趁如今這個機會逃走。馬達不能發動，他們一定會用槳划小艇，那我便可以在划到水深的時候，泅水而逃。

但如果我不逃的話，我便有機會見真正的敵人——我相信，莎芭要帶我去見的，一定便是我面對的真正敵人。

我在思索着的時候，小艇已經離開了海灘，不出我之所料，莎芭下令以船槳替代馬達，我也決定了不逃走，我要擊敗敵人，便絕不能怕危險。

而我既然在霍華德的口中，知道了張小龍的發明如此重要，那我實是非盡我的力量，去鑿毀那些擄劫了張小龍的野心家不可。

在六個大漢輪流划動之下，小艇很快地便划出了兩、三浬，莎芭四面望着，沒有多久，便道：「來了！」我循她所望的方向看去，只見一艘白色的遊艇，正破浪而來，速度奇快。

不一會，那遊艇便到了小艇的旁邊，停了下來，我又是第一個踏上遊艇的人，莎芭跟在我的後面，跟着我走進了船艙。

我一進船艙，就看到一個男子，背對着我，獨自在玩着撲克牌。我和莎芭走了進去，他仍然不停止他一個人的牌戲，只是道：「衛先生來了麼？」

莎芭代我答道：「是，他來了。」

那人道：「請他坐下。」我早已老實不客氣地在他前面的一隻沙發上，坐了下來。這時候，我已經可以看清他的面容了。

他是一個中年人，面上有着一個疤痕，神情十分冷峻，他看來像是德國人，而且可能還是德國的貴族，因為他臉上有着那種特徵。

我在他的面前坐了下來之後，他仍然在玩着牌戲，我足足等了五分鐘，他連看都不向我看一眼，我心中不禁大怒，在莎芭的手槍威脅下，我身子不致亂動，但是我也是有辦法懲戒他的，我鼓足了氣，一口氣「呼」地向桌面吹了出去。

我是有着相當深的中國武學根底的人，這一口氣吹出，他面前的紙牌，全部疾揚了起來，向他的面上擊去，那人以出乎我意料之外的身法，向後退去，同時，以更快的手法，拔出了手槍，「砰砰」兩聲過處，我只覺得兩邊鬢際，一陣灼熱。

我連忙回頭看時，身後的窗玻璃，已經碎裂，我伸手摸了摸鬢際，頭髮都焦了一片。

我不禁呆了半晌，槍法準，我自己也有這個本領，但是在那麼快的拔槍手法之下，幾乎沒有任何瞄準的時間，而射出兩槍，卻能不打死對方，而使子彈在射擊目標的人的髮際擦過，這實是難以想像的絕技！

那人冷冷地望着我，緩緩地吹着從槍口冒出來的濃煙，道：「我不喜歡開玩笑。」

我也冷冷地道：「同樣的，我也不喜歡開玩笑，你請我來這裏作什麼？」那人以十分優美高傲的姿態，將手槍放回衣袋，道：「有人要見你。」

我本來以為，那人大約是這個集團的首腦了。但如今聽得他如此說法，他分明還不是。

我立即問道：「什麼人？什麼人要見我？」

那人冷冷地道：「大概就是你正在尋找的人。」他一面說，一面揮了揮手，向莎芭道：「開船！」莎芭答應了一聲，向外走去。

不到兩分鐘，遊艇已經疾駛而去，我向窗外望了一眼，遊艇是向南駛出去，速度大約是每小時二十浬，那男子不再和我說什麼，只是兀然地坐着，我也不和他交談，過了兩個小時，我又聽得一陣「軋軋」的機動聲，自天上傳了下來。

第十一部

海底基地見張小龍

我抬頭看去，心中不禁大吃一驚！

只見一架小型的水上飛機，正愈飛愈低，不一會，便已經在水面上停了下來，而那艘遊艇，又正是向這架水上飛機駛去的。

遊艇到了水上飛機旁邊，停了下來。那人也站了起來，道：「走吧，要記得，你是沒有逃走的機會的。」

我毫不示弱，道：「我根本不想逃走，要不然，根本我不用找什麼機會！」

那人以冷峻的眼色，又向我望了一眼。

我和他一齊跨出遊艇，從遊艇到水上飛機，已搭了一塊跳板，在跳板上的時候，我又可以有一次逃走的機會的。我相信，如果我潛水而逃，立即潛向海底的話，逃走的可能性，會有百分之八十。

但是我卻只是想了一想，並沒有行動。因為我在這時，絕不想逃走。我要看看這個規模大到擁有水上飛機的集團，究竟是一個怎樣的組織。

我決定要會見這個組織的首腦，從而來尋找張小龍的下落和消滅野心家的陰謀。

所以我毫無反抗地上了水上飛機，那人在我身後的座位上坐了下來。莎芭並沒有上機，機艙中，除了原來就在的四個大漢之外，就只有我和那個人了。

我們一上了飛機，飛機便立即發出轟轟的聲音，在水面上滑行了一陣，向天空飛了出去，我好整以暇地抽着煙。飛機是向南飛去的，向上望去，只是一片大海和幾個點綴在海面的小島。

我索性閉上了眼睛養神，約莫過了一個多小時，我感到飛機在漸漸地下降，我睜開眼來，不禁心中暗暗稱異。

我以為那一架水上飛機，一定會將我帶到一個無人的荒島之上。但實際上卻並不是，飛機已在盤旋下降，但是下面，仍然是一片汪洋。

直到飛機降落到一定程度時，我才看到，在海面上，有一艘長約六十呎的遊艇，正在緩緩地駛着，那艘遊艇全身都是海藍色，簡直難以發現它的存在。

飛機在水面停住，那艘遊艇，迅速地駛向前來，在飛機旁邊停下，飛機和遊艇之間，又搭上了跳板。我不等敵人出聲，便自己站了起來。

那四個大漢先走了出去，那面目冷峻的人，仍然跟在我的後面。

我看到那四個大漢，一踏上了遊艇，面上便有戰戰兢兢的神色，筆直地站在船舷之上。我和那人也相繼踏上了那遊艇。

我回頭向那人看去，只見那人的面色，雖然沒有多大的變化，但他的眼神之中，卻流露着不可掩飾的妒羨之情。

我看了那人的這種眼神，心中不禁為之一動。

那毫無疑問，表示這個人的內心，有着非凡的野心，有着要取如今在遊艇上等候我的人的地位而代之的決心。我立即發現這可以供我利用，當然我當時絕不出聲，只是將這件事放在心中。

那人冷冷地道：「向前去。」我「嘖」的一聲，道：「好漂亮的遊艇啊，比你的那艘，可神氣得多了，一看便知道是大人物所用的。」

我一面說，一面又留心着那人面上神情的變化，只見他的面色，變得十分難看。像這種高傲、冷血的人，自然是不甘心有人在他之上的，我的話可能已深入他的心頭了。我走到了艙中，艙中的陳設和上等人家的客廳一樣，那人走到一扇門前，停了下來，輕敲了幾下。

門內有聲音道：「誰，漢克嗎？」

那人應道：「是，那個中國人，我們已將他帶來了。」直到這時候，我才知道那人叫漢克。這毫無疑問，是一個德國人的名字。

我在沙發上坐下，只見漢克推開門走了進去，不一會，漢克便和一個人，一齊走了出來。我老實不客氣地用鋭利的眼光打量着那個人。

那人約莫五十上下年紀，貌相十分平庸，就像是在一家商行中服務了三十年而沒有升級機會的小職員一樣，腰微微地彎着，眼睛向上翻地看着人。

可是，那麼高貴的漢克，雖然神情十分勉強，但卻也不得不對那個中年人，裝出十分尊敬的樣子來。那中年人在我面前，坐了下來，第一句話便道：「你知道我們是什麼人？」

我身子一仰，道：「不知道。」

那人講的是英語，但是卻帶有愛爾蘭的口音，他對我的回答的反應是「哼」的一聲，立即又道：「那麼我可以告訴你，我們是人類之中最優秀的分子所組成的一個組織。」

我點了點頭，道：「除了一個字外，我同意你所説的全部的話。」

那中年人像是很感興趣，道：「哪一個字？」我道：「你説最優秀的，我的意思，應該改為最卑下的！」

那中年人一聽，「哈哈」大笑起來，笑聲中竟一點怒意也沒有，我對那中年人的涵養功夫，不禁十分佩服。那中年人笑了一會，道：「這是小意思，優秀也好，卑下也好，都不成問題。」

他講到這裏，突然停了下來，望定了我。

我這時才發現，那人的相貌雖然十分普通，但是雙眼之中，卻有着極其決斷的神色，當然他是有過人之處，才成為這個組織中的首腦的。我想。

他望了我一會，才道：「我奉我們組織最高方面的命令，有一件任務，必要你完成的。」

我聽了之後，不禁吃了一驚。

原來眼前這個，經歷了那麼多曲折，方能會見的神秘人物，仍然不是這個野心組織的首腦。

我略想了一想，便説道：「任務？我有義務要去完成麼？」

那中年人笑道：「你必須完成。」

我自然聽得出他話中的威脅之意，我向艇外看了看，仍舊只有四條大漢守着，艙內，就只是那中年人和漢克兩個人。

我聳了聳肩，伸手指向那中年人，道：「你必須明白，你的話，對我沒有絲毫的約束力，也沒有絲毫的威脅力，但是我仍願意聽聽你所説的任務是什麼？」

那中年人輕輕地撥開了我的手指，道：「你錯了，但我也不必與你爭辯，你既然受了張海龍的託付，在尋找他的兒子，那我們就可以安排你和他兒子的見面，但是你卻必須説服張小龍，要為我們服務！」

我一聽得那中年人講出了這樣的話來，心中不禁怦怦亂跳。張小龍的下落，直到這時候才弄明白。從那中年人的話中，可以聽得出，張小龍仍在世上。當然是他不肯屈服，所以敵人方面，才會要人來説服他。

我被他們選中為説服他們的原因，自然是因為我是中國人，而且，我是他們的敵人，他們如今將我扣了起來，當然是少了一個敵人了。

我想了片刻，自然不願意放棄和張小龍見面的機會，所以我點了點頭，道：「我可以接受你的任務。」那中年人道：「好，痛快。我最喜歡痛快的人，你可以立即就與他會面。」

我驚訝道：「他也在這遊艇上麼？」

那中年人道：「當然不。漢克，你帶他去見張小龍。」漢克一聽得那中年人叫他的名字，立即站直了身子，等那中年人講完，道：「先生，你忘了我沒有資格進秘密庫的麼？」

那中年人笑了笑，道：「自然記得，因為你將衛斯理帶到了此地，我和上峰通電，你已升級了！」漢克的面上露出了一絲笑容，但隨即消逝，又恢復了冷峻。

那中年人在袋中取出了一隻如指甲大小，紅色的襟章，交給了漢克，漢克連忙將他原來扣在襟上的一隻黃色襟章，除了下來。

我這時才注意到，那中年人的襟章，是紫色的。那當然是他們組織中，分別職位高下的標誌。

漢克佩上了紅色的襟章，帶着我向遊艇的中部走去，到了遊艇的中部，漢克一俯身，揭起了一塊圓形的鐵蓋來。那塊鐵蓋一揭了開來，我便為之一呆。只見有一柄鐵梯，通向下面，漢克命令道：「下去！」我心中充滿了疑惑，漢克冷冷地道：「你想不到吧，剛才你見的，是十分重要的大人物，在遊艇下，有潛艇護航，你如今，是通向潛艇去的。」

我聽了之後，心中也不禁吃驚。

當然，漢克的這番話，竭力地在抬高那中年人的地位，也就等於是為他自己吹噓一樣。但是那組織如此嚴密，物資如此充沛，又掌握着這樣新的科學技術，如果再加上張小龍的新發明的話，那麼這批人，不難成為世界的主宰，整個人類的歷史，便會在他們手中轉變了。

我如今所負的責任，是如此重大，令我一想起來，便不禁心跳氣喘，我只有一個人，就算和張小龍見了面，也不過兩個人，能不能和這樣一個完善的大組織作對抗呢？

我一面想，一面順着鐵梯，向下走，不一會，便到了一個密封的船艙之中，有兩個人迎了上來，以奇怪的眼光望着我，漢克接着下來，道：「我要將這人帶到秘密庫去。」

那兩人立即答應一聲，以手打了打艙壁，發出了「噹噹」的聲音來。

不一會，銅壁上「刷」的一聲，露出一扇門來，伸出了一股鋼軌，在鋼軌上，滑出了一輛猶如最小型的小汽車似的東西來。那東西，還有一個最好的形容，那就是一看便令人聯想起一隻巨大無比的大甲蟲來。

我的見聞不能說不廣，但那是什麼玩意兒，我卻也說不上來。漢克像是看出了我面上疑惑的神情，他得意地笑了笑，發出的聲音，猶如狼群在晚膳一樣，道：「想不到吧？」

我仍然不知他所指的何事，只是冷冷地道：「想不到什麼？」

漢克踏前一步，在那個「大甲蟲」上的一個按鈕上一按，只聽得一陣金屬摩擦的「軋軋」聲過處，那「大甲蟲」的蓋，打了開來。

我向「大甲蟲」的內部看去，只見那裏面，有兩個座位，可供人屈膝而坐，在那兩個座位之前，是許多的儀表和操縱的儀器。

我仍然以懷疑的眼光望着漢克和那「大甲蟲」，漢克又如狼般笑了起來，道：「子母潛艇，你有沒有聽說過？這是德國科學家在二次世界大戰末期最偉大的發明之一，在這艘大潛艇中，可以發射九艘這樣的小型潛艇，而每一艘小潛艇中的固體燃料，可以使小潛艇在海底下遨遊一個月之久！」

我曾聽人說起過，在第二次世界大戰的末期，德國科學家有許多戰爭工具上的新發明。最著名的自然是「V_2」飛彈（這是今日太空科學成就的雛形）；而「子母潛艇」也是其中之一，大潛艇能將小潛艇像魚雷般發射出去！

這些新發明，大都未能投入生產，便因柏林失守，希特勒下落不明而告終。我相信，這艘子母潛艇是世上僅有的一艘，極可能是當年德國海軍的試製品。

我在剎那間，心中又感到了新的恐怖。

因為如果我的判斷不錯的話，那麼，在那個野心家集團的高層人物中，可能有着當年的納粹分子！這是一件十分可怕的事！當年納粹的野心，加上可以改變人類歷史的科學發明，那實是不能想像的恐怖事情。

我心中在發呆，漢克不知我在想什麼，還以為他的誇耀使我震驚。

他又以十分狂妄的語意道：「德國的科學家，是第一流的科學家，德國人，是第一流人！」

我厭惡地望了他一眼，這個納粹的餘孽！我老實不客氣地道：「奇怪，我不知道張小龍在什麼時候，已入了德國籍！」

漢克的面色，一直是十分冷峻，直到他聽得我講出了這樣的一句話來，面上的神色，才為之一變，憤怒得連耳根子都紅了！

我冷冷地道：「我們中國人，認為所有人都是一樣的，沒有什麼第一流第二流之分。但如果要說第一流的科學家，那麼張小龍當之無愧，他是中國人！」

漢克的面色，更其難看，他想宣揚納粹的那一套，卻在我面前碰了一個大釘子。我為了可能以後還有利用他之處，所以不想令他難堪，話一講完，便道：「我們該走了？」

漢克「哼」的一聲，跨進了那小潛艇，我也跨了進去。

當我們兩個人，坐定之後，那小潛艇又給我似太空艙的感覺。

漢克一按鈕，蓋子便「軋軋」地蓋上。等到蓋子蓋上之後，我才發現，在小潛艇中，我們不是什麼也看不到的，在前方，有着一塊暗青色的玻璃。

那塊玻璃，從外看來，和鋼板一模一樣，但是由裏向外看去，卻是一塊透明度十分強的玻璃，外面的一切，可以看得清清楚楚。

坐定之後，漢克熟練地按動了幾個掣，着了一盞小紅燈，聽得擴音器中，傳來了一個人的聲音，道：「已預備好了？」

漢克回答道：「已預備好了！」

這時候，擴音器中，已經在倒數着數字，從「十」開始，很快地，「四——三——二——一——零」，一個「零」字才一入耳，眼前突然一黑，同時，耳際傳來了一種刺耳已極的聲音。

不要說還有伴隨而來的那驚人的震動，便是那刺耳的聲音，神經不正常的人，也是難以禁受！

但是這一切，卻都只是極其短暫的時間內所發生的事。轉眼之間，刺耳聲聽不見了，震盪也停止了，從面前的玻璃中望出去，只見深藍色的一片，我們已經到了海底了！

我覺得小潛艇雖然十分平穩，但是前進的速度卻十分快疾。這點我可以從游魚的迅速倒退上推測出來。

沒有多久，我們已撞到了兩隻大海龜，一被小潛艇撞到，那大海龜便四分五裂，我相信在小潛艇的艇首，還裝置有十分厲害的武器。

我只知道這時候身在海底，至於那是什麼海域，我卻無法知道。

因為我來到這個海底之前，經歷了如許的曲折，漢克的那艘遊艇停泊在何處，還可以推想，而經過了水上飛機的載運之後，那中年人的遊艇是停在什麼地方，我已經無法知道了。

如今，小潛艇以這樣高的速度，在海底前進，我自然更沒有辦法知道身在何處。

我平時也愛潛水打魚，但是卻難以像如今那樣恣意地欣賞深海的那種迷人的景色。只可惜我緊張的心情，使我沒有情趣去欣賞悠哉游哉的游魚，和色彩絢麗、搖曳生姿的水藻。

我在過了十五分鐘後，便忍不住道：「我們究竟到什麼地方去？」

漢克冷冷地道：「到人類科學的最尖端去。」他一講完，便冷笑了幾聲，道：「愚人以為人類的科學，近二十年來，在陸地上獲得了高度的發展，卻不料所有的尖端科學，全在海底。」

我聽了漢克的話後，心中不禁暗暗吃驚。

確切地說，我是了解到他話中的意思，但是卻又無法相信。因為那只應該是科學幻想小說中的話，實是無法和現實生活連結起來的。

漢克的眼中，又生出了異樣的光彩，道：「那一切，全是德國科學家的心血結晶——」他本來可能還要吹噓下去，但在那瞬間，他一定想到了剛才所碰的釘子，所以才立即住口不言。

我從漢克的話中，聽出他心中有着十分抑鬱不平之慨，我試探着道：「但是，德國科學家的心血結晶，卻並不是操縱在德國人手中，是不是？」

我的話才一出口，漢克的雙手，便緊緊地捏成了拳頭，直到指頭發白，他幾乎是在嚷叫，道：「一定會的，一定會由德國人來掌管的。」

我笑道：「照我看來，你倒是一個合適的人才！」

漢克在才一聽得我這句話的時候，眼中光彩閃耀，十分興奮，但是轉眼間，他面上卻又現出了十分恐怖的神色，蒼白之極。

他雖然一聲未出，但是他面上的神情，毫無疑問地告訴我，我的話，已說中了他心坎，他心中的確有這樣的企圖。但是他卻立即又感到了害怕，因為他這時，在這個集團中的地位，並不是太高，他若不是因為綁到了我的話，甚至卑微到連帶我去見張小龍的資格都不夠，他心中的秘密企圖，如果被上司發覺了，自然只有死無生！所以他十分害怕！

我從他面色變化上，看穿了他的心情之後，心中不禁十分高興。因為漢克這個人，成事或許不足，敗事倒是有餘的。我不必利用他去成事，我只消利用他去敗事，便大有可圖了！

所以，我當時若無其事地道：「德國人的確有許多值得人欽佩的地方。最突出的，便是德國人有一種堅強的性格，不以目前的卑下為恥，而誓必達到自己的理想。希特勒如果沒有這種性格的話，他也不會從一個油漆匠而成為納粹的領袖了！」

我一面說，漢克不由自主地大點其頭。

我心中暗暗好笑，這個頭腦簡單的日耳曼人，這時一定飄飄然地，以為他自己當真了不起哩！

我適可而止，不再對他恭維，讓他自己的心中，去滋長那種自以為天下第一的情緒。我這時，比較有心情去欣賞海底的奇景了。

沒有多久，我就看到前面，出現了一大堆黑色的物事。那一大堆物事，看來像是海底的暗礁。但是當漢克駕駛着小潛艇，向前疾衝而去之際，我便發現，那一大堆絕不是海底的礁岩。

第一，在那一大堆黑色的物事上，有許多看來像海藻一樣的管狀物，直向海面之上通去，長度十分驚人，那像是一連串龐大的海底建築物的通風管。

第二，當小潛艇駛過之際，在那一大堆黑色的物事中，竟燃起了三盞紅燈。我心知已將到目的地了。

果然，小潛艇的速度，很快就慢了下來。那三盞紅燈，明滅不停，我看到漢克，也在不停地按着一個掣鈕，小潛艇的艇首，也有紅光閃爍。這自然是一種信號。

不一會，小潛艇已來到了那三盞紅燈之前，在水藻掩映中，我看到那三盞燈之下，有一個十分深的洞穴，小潛艇正向洞穴中駛去，眼前又是一片漆黑。接着，潛艇便完全停下來，隨之而來的，又是一陣劇烈的震動，眼前又陡地一亮。

在我還未曾打量自己置身何處之際，只見小潛艇的鋼蓋，已打了開來，兩個穿着工程師服裝的人，走了過來，向漢克招了招手，道：「恭喜你升級！」

漢克勉強地笑了笑，道：「我奉命帶這個人來見張小龍！」

那兩個人道：「這不關我們的事，你向前去見主管好了。」

漢克向我一側首，我也自小潛艇中，一躍而出，跟着漢克，自一扇圓門中，走了進去。我知道這時候，我仍然處在海底。

我也想趁此機會，將這個大本營打量清楚。

但是沒有多久，我卻失望了。

我跟着漢克，經過了一扇又一扇的圓形鋼門。每一扇鋼門，都通向一個兩丈方圓的小室。

小室中或有人，或是空置的，我只能看到一個又一個的小室，而無法看到這個海底建築物的整個情形，而且，在走了約莫十分鐘之後，我便在這種蜂巢也似的小室之中，迷失了路途，就算沒有人看守着我，我只怕也難以摸索得到出路的了。

而且，即使我找得到出路，出了這個海底建築物，但不能夠浮上海的話，又有什麼用呢？

所以，我首先放棄了逃走的念頭。我只是希望在這裏，會見這個組織的最高級人物和見到張小龍。至於在見到張小龍和最高級人物之後，本身我會怎樣，我卻連想也不會去想它——因為若是去想的話，只是導致更多的煩惱，所以不如不想！

十五分鐘後，我結束了在蜂巢式的小屋間的旅行，到了一條長長的走廊之中。

那條走廊的兩旁，有許多關得十分緊實的門，門內有些什麼，根本看不清楚，但是當我通過這條走廊的時候，卻可以聽到，在有幾扇門中，發出十分奇特的聲音來。有的像是無數藻液在試管中沸騰，有的像是一連串密集的爆炸聲。

至於我可以辨認得出的聲音，則是一些十分精密的機器的發動聲。

我在這時候，忽然想起，曾經有人說，世界上常常發生神秘的飛機失蹤案，主要的原因，是有一些人，在使用着不為人知的方法，將那些失蹤的飛機，引到了隱蔽的地方。

而這樣做的目的，是為了要擄到人才。

這種說法，我以前只是嗤之以鼻，但現在想來，卻也不是無可能。試想，這個龐大的海底建築物，當年是費了多少人力物力造起來的，且不去説它，如今，我可以相信，在這裏，一定有着各式各樣科學研究工作在進行着。

當然，這些科學研究工作的前提，都是為了滿足野心家的需要，但是那麼多的人才，當然不會全部是自願的，至少，張小龍便是被綁架來的！

而野心家集團，既然掌握了如此尖端的科學，要導致一兩架飛機失蹤，影迹全無，不是十分容易的事情麼？我一面想着，一面來到了走廊的盡頭。

漢克伸手按在一個鈕上，一扇鐵門打了開來。那是一具升降機。機中的司閘，是一個老者，他翻了翻眼睛，向漢克問了一句什麼話。

因為他的語言十分模糊，所以我雖然就在他的身邊，也未曾聽清楚。

這並不是我的疏忽，因為這裏，簡直是人種展覽會，什麼地方的人全有，你不能知道一個人開口會說什麼話，而預先準備去聽之，所以憑一、兩句話便要聽懂，是十分困難的。

漢克答道：「十一樓。」那司閘點了點頭，我在升降機中，仔細地打量着，忽然給我發現升降的頂部，釘着一塊小小的銅牌。

那小小的銅牌上，有兩行德文，譯成中文，則是「連斯兄弟機器鑄造廠造。一九四四年八月。」

一九四四年八月，這個日子，引起了我極大的疑惑。那就是說，這個龐大、極不可想像的海底建築物，並不是在大戰之後建築起來的！

本來，我心中就一直在懷疑，什麼人能在大戰之後，投入那麼多的人力物力，在海底建成了這樣的一座建築物，而竟不為人知。

但如今，「一九四四」這個年份，解決了我心中的疑問。我知道，這裏一定是第二次世界大戰末期，軸心國自知時日不多時所建造的。

升降機在向下降，一直到跳出了「十一」這個數目字，才停了下來。

我無法知道這個建築物向下去，一共有多少層。但是既然是以一個國家的力量來建造的，我相信整個建築物規模之龐大，一定遠在我的想像之中。

我和漢克，在升降機停了之後，便向外走去，走了幾步，轉了一個彎，只見兩盞相對的，發出紅光的燈，設在前面的道旁。

漢克在燈前停了下來，道：「你向前走走試試！」

我冷冷地道：「這並沒有什麼稀奇，電子控制着光線，我向前去，遮住了光線，就會有警號發出，是不是？」漢克哈哈大笑，道：「我知道你一定會那樣説的，是不是？」

我感到十分尷尬，因為聽漢克的話，我分明是在自作聰明了。漢克望着我，感到十分高興，因為他終於有了一個奚落我的機會，只見他在衣袋中，取出一張紙來，向前揚了出去。

當那紙，揚到那兩盞燈所發出的光線之中時，突然起了一陣輕煙，而當紙片落到了地上之際，已經成了一片輕灰！

我心中陡地吃了一驚，漢克道：「這是自以為是的美國科學家做夢也想不到的高壓電流，只有利用海底無窮無盡的暗流來發電，才可以得到這樣的高壓電！」

我沒有說什麼，因為那張紙，在不到一秒鐘的時間內便成灰的這一個事實，使我不得不相信漢克的話是真實的。

我和漢克，在那兩盞燈前，站了片刻，只見對面，走過來了一個人。那人身上所穿的一套西裝，還是一九四五年的式樣，但是卻熨得貼身。

只見他也是來到了燈旁，便站定了身子，道：「首領已經知道了一切，你可以直接帶他去見張小龍。」漢克答應了一聲，拉着我轉身便走。

我心中暗忖，到如今為止，我總算有了一點小小的收穫。

因為我知道，這個野心集團的首領，是在「十一樓」（由上而下樓的十一樓），而如果要見這個領袖的話，必須通過那「死光」（我為了行文方便起見，姑且這樣稱呼那發出高壓電流的殺人機器，因為這是世界上沒有的東西，自然也沒有正式的名稱）。

也就是說，雖然我知道了首領的所在，但是我卻不能前去見他。因為，只要一被那種光芒照射到，我就可能在頃刻之間，成為焦炭。

漢克拉了我，又來到了升降機的門前，在升降機的門打開之後，我這才聽到，那司閘講的是日本話，道：「幾樓？」漢克道：「十七樓。」

升降機又向下落，等我們再走出升降機的時候，我忍不住問道：「這建築物一共有多少層？」漢克狡猾地笑了笑，並不回答。

我將我自己的揣想，歸納了一下，道：「阿道爾夫想得十分周到，他是準備在柏林失守之後，在這裏繼續指揮征服世界的戰爭的麼？」

漢克一聽我的話，便立即駐足。

他以十分凌厲的神情望着我，好一會，才道：「你是怎麼知道這個秘密的？」我聳了聳肩，道：「有一些事，對於小孩子來說，永遠是秘密，但對於成年人來說，卻像二加二等於四那樣地簡單。」

漢克口角上掛了一個殘酷的微笑，道：「你知道得太多了，這將使你遭殃。」

我立即道：「本來我就沒有抱着度蜜月的心情到這裏來的。」

漢克不再說什麼，繼續向着前走去。

我口中絕不認輸，但是我的心情卻是十分沉重。因為我能夠重見天日的機會，實在太少了，我可能就此與世訣別，或是像張小龍那樣，永遠永遠地神秘失蹤，成為警局檔案中的懸案。

沒有多久，漢克又在一扇門前，停了下來，那扇門，竟立即自動地打了開來。漢克道：「張小龍就在裏面，你可以進去了。」

我立即向前跨出了一步。漢克又在後面冷冷地道：「你不妨記得，你在裏面的任何舉動，都瞞不過人的，通過曲光長程放大的觀測器，首領表示可以在他自己的房間中，數清你眼眉毛的數目！」

我並沒有理睬他，只是向前走去。

漢克所說的話，當然是真的，這扇門自動打開，便是這裏的一切，都有着遠程控制的證明。我走進了門，門便立即關上了。

我四面一看，這是一間很大的實驗室。實驗室中的一切，和張海龍別墅後園中那個實驗室大同小異。在左首，有兩扇門，一扇半開半掩，我先來到那一扇門前，向內望去。

只見裏面，是一間十分寬大的臥室，這時，正有一個人，坐在一張安樂椅上，將他的頭，深深地埋在兩手之間，一動也不動。

我看不清那人的臉部，只是從他雙手的膚色看來，那人是黃種人。

我心中暗忖：這人難道就是張小龍？

我伸手在門上，扣了幾下，那門發出的是一種塑料的聲音。用塑料來作建築物的一部分，現在在地面上，剛有人提出來，但這裏卻早已採用了。

那人對我的叩門聲，並沒有任何反應。我側身走了進去，那人仍是一動不動地坐着。

我在他的前面坐了下來，這時，我已經可以看清他的面容了。而我一看清他的面容，便毫無疑問地可以肯定，他就是張小龍了。

他顯得十分憔悴，目光也相當呆滯，只有他嘴角的線條，可以顯示他是一個具有超人智慧的人。

他的面目，和張小娟十分相像。

我咳嗽了一聲，道：「張先生，我從你父親那兒來！」他猛地抬起頭來，蓬亂的頭髮，幾乎遮沒了他的視線，他以手掠了一掠，定定地望着我。

我道：「張先生，你必須相信，我們是朋友。」

我絕不能多說什麼，因為我知道，如今在表面上看來，只有我和張小龍兩個人在這間臥室中。但是事實上，卻正如漢克所說，若是有必要的話，人家可以數清我眉毛的數目。

張小龍定定地望了我一會，揚起手來，向門外一指，道：「出去。」

我站了起來，俯身向前，大聲道：「不，我不出去，非但我不出去，而且你必要聽我說。」

張小龍沒有再說第三個字，只是照原來的姿勢坐着。

我重又在他的面前，坐了下來，道：「我的身分，可以說接近一個私家偵探，我是受了你父親的委託找你的，經歷了許多想像不到的困難，終於見到了你，我感到很高興。」

張小龍不但不動，而且默然。

我又道：「令尊和你姊姊，他們都很好，除了想念你之外，他們並沒有什麼煩惱。你姊姊一直肯定你生活得很愉快。直至最近，她才因為心靈上奇妙的感應，而知道你遭到了麻煩。」

張小龍仍是不動、不語。

我耐着性子，道：「你知道我和令尊，是怎樣相識的麼?」

張小龍自然不會回答我，於是我便自問自答，將大年三十晚上，在那家古董店的事情，詳細地講給張小龍聽。我特別講得詳細，甚至囉唆得像一個八十歲以上的老年人。

因為我知道，張小龍是不會聽我的話的，聽我的，另有其人，我要令得他們厭煩。

我足足不停地講了一個小時，才停了下來，拿起一瓶水來，一飲而盡。而在那一小時中，張小龍卻是連動也未曾動過。

我笑了笑，道：「你可知道這裏是什麼地方？」

張小龍仍然不動。我又問了他許多問題，但張小龍卻只是一言不發，連看也不向我看一下！

我知道張小龍為什麼不理我的原因。

那是因為張小龍將我當作是這個野心集團的一分子。張小龍可能是最近才知道自己落在野心集團的掌握之中的，我相信張小娟的心口劇痛的那一次，就是張小龍在明白了自己的處境之後，心情極其痛苦的那一剎間。

可是，我又有什麼法子，向張小龍表明自己的身分呢？我怎麼能向張小龍說真心話呢？因為我在這裏的一言一動，不但立即有人看到、聽到，而且，說不定還被錄下了音，攝成電影，反複研究！

我呆了好一會，才道：「好，你不願聽我的話，我也不來勉強你。」

我一面說，一面站了起來，向門口走去！

（未完，請看《妖火》續集——《真菌之毀滅》）

衛斯理小說典藏版　39

妖火

作　　者：　衛斯理（倪匡）
責任編輯：　鄺素媚
封面設計：　三原色
出　　版：　明窗出版社
發　　行：　明報出版社有限公司
　　　　　　香港柴灣嘉業街18號
　　　　　　明報工業中心A座15樓
電　　話：　2595 3215
傳　　真：　2898 2646
網　　址：　https://books.mingpao.com/
電子郵箱：　mpp@mingpao.com
版　　次：　二〇二二年七月初版
I S B N：　978-988-8688-87-6
承　　印：　美雅印刷製本有限公司